失去了她，
就像文字失去了标点符号，
失去了顿挫和重点。
失去了她，
就像身体被抽走了灵魂，
没有了任何的情绪。

曾睡梦中惊醒你突然的离去，
曾笑声中泪奔你写下的道歉，
曾日记中复习你留下的温度。
你说我们都没错，
这一切只是意外。

世界好小，
即使每天东奔西跑、每次分分合合，
我也始终觉得，
遇到你是冥冥之中注定的，只是一个早与晚。
可能是你等我，也有可能是我等你。
不管怎样，
最后我们都会在一起的。

驻足凝视，
你我似乎只隔着半条马路，
可我怎么走也走不到你面前。
每个夜晚，我都在臆想，
看到燃烧的烛火我都会虔诚地为你祈祷。

▲

重拾的爱恋在一点点复燃，
在未寻找到真爱的路上，他们都曾茫然。
散乱的心一点点被无形地勒紧，
原来他心里一直有我。
记忆轻启后，才发现感情从未搁浅。

后来，我们交换了青春

李光凯 著

HOULAI
WOMEN JIAOHUAN LE
QINGCHUN

广西师范大学出版社
GUANGXI NORMAL UNIVERSITY PRESS
· 桂林 ·

图书在版编目（CIP）数据

后来，我们交换了青春 / 李光凯著 . —桂林：广西
师范大学出版社，2018.8
ISBN 978-7-5598-0958-2

Ⅰ . ①后… Ⅱ . ①李… Ⅲ . ①故事－作品集－中国－
当代 Ⅳ . ①I247.81

中国版本图书馆 CIP 数据核字（2018）第 127443 号

广西师范大学出版社出版发行

（广西桂林市五里店路 9 号　邮政编码：541004）

网址：http://www.bbtpress.com

出版人：张艺兵

全国新华书店经销

桂林漓江印刷厂印刷

（广西桂林市西清路 9 号　邮政编码：541001）

开本：880 mm × 1 240 mm　1/32

印张：8.875　　字数：270 千字

2018 年 8 月第 1 版　　2018 年 8 月第 1 次印刷

印数：0 001~8 000 册　定价：49.80 元

如发现印装质量问题，影响阅读，请与出版社发行部门联系调换。

▶ **敬一丹：中央电视台《焦点访谈》《感动中国》节目主持人**

参与东坡的《乡约》，在现场看到他的小伙伴光凯在忙碌。后来看到光凯的文字时，我想，是那个在节目现场奋力热场的电视人吗？是那个四处奔波常常不在北京的"北漂"吗？他是怎样静下心来的？倾听别人的故事，体会生活的滋味，描绘当代人的面貌，需要怎样的静功夫？在喧闹的世间，静下来，听进去，写出来，是一种能力。光凯的世界，因此而深广。

▶ **肖东坡：全国金话筒奖主持人、CCTV-7《乡约》制片人兼主持人**

人到了某个年纪或遭遇过某种经历，会突然懂得"懂得"的重要。因为一句"我懂你"，足以让我们心生感慨："天之涯，海之角，知交半零落。一壶浊酒尽余欢，今宵别梦寒。"那些年，我们交换的青春，你懂得了多少，又失去了多少。回首时，原来一切都是最好的安排。

▶ **苏芩：著名心理情感作家**

有些人为了爱情埋葬了梦想，有些人为了梦想挥别了爱情，有些人爱上一个不该爱的人，还有些人用一生来遗忘初次见面的那八秒钟记忆。一直到最后，你才懂得爱情最令人宽慰的，不是"相爱"，而是"值得"。带着这本书，一起去旁观光凯路过的那些爱情故事……

▶ **纪连海：著名历史学者、CCTV-10《百家讲堂》主讲人**

古代的爱情多回肠荡气、一波三折，不像现代年轻人的爱情，热烈、痛快、决绝、过瘾。光凯的这本书涵盖了不同行业的人青春的那些事儿，打开书你能嗅到自己当年十八岁的味道，多少往事欲说还休。合上书你会更加怜惜眼前人，天不老情难绝，此生不足，再续一世。

▼ 吴协恩："天下第一村"华西村第一书记

光凯的这本书，表面上是在写别人的故事，实际上是在写自己的故事。人生能有几回搏，我从中读到了光凯对爱情的理解、对生活的热爱、对人生的执着！透过光凯的视角，你可以看到一个年轻媒体人眼中的人间百态，以及央视制作团队背后的酸甜苦辣，这本书值得一再回味！

▼ 刘栋栋：中央电视台CCTV-7《致富经》制片人兼主持人

这是一份媒体人的生活便笺，一个阳光"北漂"的善感多思。他和每一个愿意为理想撞得头破血流的少年一样，是人生的英雄，所以，他叫光凯，光荣的光，凯旋的凯。

▼ 孙维民：国家一级演员、周恩来扮演者

一个普通电视工作者的个人成长告白书，擦肩的相遇，铭心的记述。光凯的文字无声，却带你历尽世事沧桑。一个个街头巷尾普通人的真实情感故事，折射出你和我年少时的样子。追忆往昔，抓紧身边人，让逃亡的灵魂有个归宿。

▼ 沈煜伦：畅销书作家、歌手

泅渡在一个有爱的世界，就像寒冷的冬夜裹着毯子，憧憬着遥远的北极星。如今，暴风雨被救赎，灯塔已然点亮，何不跟随我一起阅读这本良方。毕竟，万物都已复苏，你又何必拒绝温暖抵达。

▼ 老猫：金牌音乐制作人、华语音乐家协会理事，代表作《我不是黄蓉》

人的一生因梦想而伟大，因梦想而精彩。光凯在逐梦的路上记录下那些未曾谋面的爱情。祝追梦青年光凯，光荣绽放，凯旋归来。

► DJ小新：青年作家、山东卫视主持人

听过的那首歌，见过的那个人，没有说出口的那声道歉，办公桌上的那束向日葵……总有一些刻骨铭心，让我们念念不忘。谢谢光凯一点一滴的记录，让我们在某一个瞬间想起，去爱那些对你好的人，去忘掉那些不知道珍惜你的人，也要对着镜子里的自己微笑：嘿，还记得你的理想吗？

► 关熙潮：青年作家、媒体人

看更大的世界，讲更多的故事。因众生而知自省，因冷暖而觉无常。李光凯的文字，来自一个电视人的敏锐，和一个青年人的爱与良知，值得捧读。

► 王梓天：园艺作家

这是一个人心浮躁的时代，作为一个"80后"，可以埋头沉心去做一件事是值得赞许的，他的文字朴素却有力量！

► 瞿玮：华谊副总裁、首席娱乐官

看光凯写下的每一个故事，都像是一部代入感强烈的电影。哭过、笑过之后，又会在回忆某个片段时看到自己的影子……

► 高铭：知名拍客、脱口秀主持人

我始终不肯相信一个"80后"能躲避那些灯红酒绿的摇摆，埋起头沉下心来，去讲述与他萍水相逢的爱情故事。直到我看到了这些干净、通透、自由的文字，才恍然发现，原来真的存在一个可以净化身心、涤荡灵魂的讲述人，他叫李光凯。他的文字无声，却有无穷的力量和气概。故事里的爱情，真实、真切，能为你荒芜的心拭去尘埃。

序

致青春

"谁陪我到最后，谁牵着我的手，谁能够陪我去看海市蜃楼，一直到老去后，一直到伤口化成宇宙。"这是微电影《逆时恒美》的主题曲。

每每听到这首歌，内心就会无可奈何地想起一个人，手指的缝隙间、橱柜的针线盒、衣柜的收纳包，你都在！有时恨不得抽自己两嘴巴子，真没出息。

和往事战斗，我们都不是对手，总会败下阵来。

每一段故事都有一首歌承载着我们老去的青春、我们的一行泪。未眠的你我将音量调到最大，让自己在往事中肆意地翻滚。

2013年10月21日，是我辞掉荆州市人民广播电台主播的工作来北京的第一天。依稀记得在火车站转身进入候车厅时眼泪哗哗的场景，我知道余生可能再也不会回到这个地方。主任说在北京那边混得不好就回来，但我想既然走了，就不会再回来的，于是不留任何后路地直接买票杀到了北京。

我来北京，或许是因为心中的不安分和躁动，或许是心中那种对不可能的挑战，或许是心中对个人自私梦想的渴望。无数次感到绝望，又无数次给自己希望。

时间过得真快，已在北京度过了数个春夏秋冬。每当静下心来时，就抓着头发问自己，这几年时间是怎么过来的。数一数不知栽了多少个跟头，身边的人从陌生到熟悉又到陌生……

夜幕降临，一个人插兜站在天桥上，看着川流不息的车辆，打量着急匆匆的行人，不禁感慨我好像对北京还是那么陌生，眼中的一草一木和我毫无关系，我压根没勇气自信地走在这座城市里。

当这双脚踏在这座城市的大马路上时，我只知道我是为了梦想而来的，想赚钱还不如回家创业。虽想去触摸这个城市的很多角落，但是可以直白地说，除了上班路上的公交站和地铁站，其他的我一概不熟，地铁到现在还经常坐反。对我来讲，东西南北只有拿出手机指南针才可以分辨得清。

刚来北京周末不加班的时候，我喜欢一个人背着双肩包，像个文艺小青年一样坐公交车去领略这个城市的独特，喜欢在中午阳光照进公交车的那一刹那，头靠着窗户把自己想象成一个忧郁的王子，感悟各种酸甜苦辣，抒发点小情怀。

以前的我就像一只小狼崽，一剑毙命。现在的我可以承受更多，万箭穿心都可以强颜欢笑。我相信在这个城市里，有很多人和我一样。虽互不相识，却有类似的故事。想好好生活，无奈却一次次被生活嘲笑。多少强颜欢笑的背后，都是牙关紧咬。

作为中国农业电影电视中心《乡约》栏目的一名编导，不算自费旅游的我一年就要走过五十多个城市，一年三百六十五天有两百多天是不在北京的，有的时候一天经过三个城市，行李箱也是坏了一个又一个。

这几年时间，我参与采访了数百位嘉宾，培训了数千位的点评嘉宾，也结识了一些有趣的人。每个人拿着瓢往我脑子里灌点渣渣，就能让我这个涉世未深的小子看尽人情冷暖，也越来越对遇到的新奇事物处变不惊了。

我的人生也因有他们的随意一笔而变得更加丰富多彩，片刻的驻扎就让我回味良久。他们填充了我人生的色彩，在孤独无助的时候，去他们的世界走一遭，我就豁然开朗。但路过也意味着离别，在记忆中慢慢地模糊成甲乙丙丁……

在这数百位的嘉宾中，有让我肃然起敬的，有让我哭笑不得的，有让我

心生爱慕的，也有让我为之动容、潸然泪下的……

一直想记录下尘世间那些陈芝麻烂谷子的事，留住锅底烧柴火那股从烟囱冒出的家乡味儿。他们的故事或许没有小说、电视剧、电影中演绎得那么轰轰烈烈、跌宕起伏、你侬我侬，但再厉害的编剧也不如生活本身戏剧化。

他们有的是小小县城的平凡角色，相貌普通，走在大马路上你也不会多瞅一眼。

有因一句未说出口的解释而与爱人阴阳相隔、遗憾终生的特产销售员。

有因一颗善心和已怀孕的女居士"假结婚、真离婚"的复旦大学高材生。

有为结婚解散舞团，解散不到一个月未婚夫便不知去向的健身教练。

很多、很多……甚至，还有我自己的故事。

没有奢华包装、虚伪炒作、假情假意，他们人间烟火味十足的点滴爱情所具有的魔力是我们无法想象的，他们的爱情散发着那种刚刚蒸好的馒头香，夹块自家腌渍的咸菜就是一顿午饭。很简单、很纯粹，就像一杯白开水，透明无味，但也唯独白开水最解渴。

我承认，我的写作水平不高，仅仅能够讲明事实。我的世界很小，小到如管孔。我的眼界也很小，小到只看得到分叉的头发丝。我不是在写小说，不是在写剧本，有些主人公的故事我也只是略知一二，有些甚至是耳朵听来的，但真实的故事自有万钧之力。

这里，没有童话般的爱情。他们中有些人的恋爱之路充满了不由分说的冲动，冲动过后是抑制不住的痛，难更改的结局让他们学会了放手。有些人在恋爱里既享受着快乐，又忍受着折磨，被折磨到你不言我不语，就此一别两欢，各生欢喜。

有些人在路上走着走着，遇到了一个人，彼此点头微笑，结伴一程，就

这么不远不近地彼此陪伴着。还有一些人最终获得爱情，将生活过成了别人羡慕的样子，成了别人的一种向往。

所以，从今天开始，我想在偶尔闲暇的周末、难以入睡的深夜、赶往节目录制地的车上悄悄地用键盘记录、收集下那些动人的故事和大家分享。

你们读到的可能是枯燥乏味、毫无章法、没有逻辑的采访记录，不讲究文采与语法，也没有探究事件的新闻性。或许不冷静、不客观，甚至还掺杂了我不合时宜的情绪。那又怎么样呢？爱情里本就没有对与错，也不存在标准答案。

我不奢求这本书能成为你睡前床头的枕边书，也不奢求你会把它推荐给你身边的朋友，只希望在路过某个书店的时候，你的目光正巧落在它的上面，你的心情正巧是这本书的颜色，于是拿起它，收入囊中……

目
录

你是我平淡日子里的刺

2

爱情，戛然而止

3

谢谢你，来过我世界

4

还好，终于等到你

我想穿越一百个城市，

用一百个夜的勇气在人群中

拥抱你。

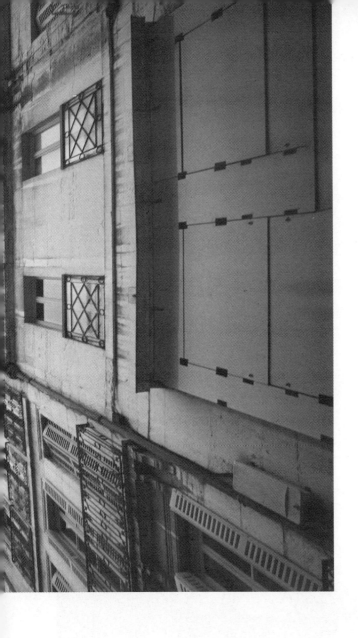

你是我平淡日子里的刺　*1*

不够悲伤，就无法飞翔

《残酷月光》 林宥嘉

/ 我们当时都付出了真心，

/ 陪伴彼此的时光，

/ 成为彼此人生中的一束光。

/ 当时如果你不懂得、不珍惜，

/ 过去就过去了，不会再回来，

/ 那种强烈的爱和恨只限量供应……

"我真的不敢用真名,虽然我不是什么名人。你要起一个比较好听的文雅一点的名字。"

"我的化名你回头要跟我说是什么。"

"你点了什么?我点了一瓶酒。"

"你就说我是媒体工作者,听清楚了没有?!"

来到一个有点凌乱但挺有温度的咖啡店,看见一只大懒猫蜷缩在角落,独占着一个沙发,好像它才是这个店里的掌柜,我们说话、走路都轻轻的,生怕惊扰了它。

电脑还没打开,就听到对面的她对我一连串的要求。我打字的速度完全跟不上她的语速,于是偷偷地拿出手机打开了录音功能。这一微小的动作在乔巴眼里是那么的不寻常。

"你要录音?只能自己听!""嗯,我自己听,我打字跟不上你的语速。"

"你发誓!""好,我发誓,这段录音只有我自己听!"

"不行,删掉!你录音我说不出来。""好!删除!"

乔巴抢走了我的手机,亲自将录音删除。

"我们开始了吗?""早就已经开始了啊。"

"哦,那我就先以我的方式来说。"

故事就这样,在一盏昏暗的台灯下开始了……

这已经是六年前的事情了,那是乔巴人生中第一次坐飞机,为了一个人。

那时候还没有微信,当时乔巴看完电影版《将爱情进行到底》——王菲唱的主题曲,当时王菲和李亚鹏还在一起——在博客里发了一条关于人生的感慨："我们当时都付出了真心，陪伴彼此的时光，成为彼此人生中的一束光。当时如果你不懂得、不珍惜，过去就过去了，不会再回来，那种强烈的爱和恨只限量供应……"

乔巴说这个电影讲的是主人公选择了不是最初喜欢的那个人结婚了，一次聚会上见到了初恋，彼时两人都已单身，重新在一起之后，却发现已经回不去了。

有个人在乔巴的博客下留言，乔巴看完觉得蛮有意思，就顺带着看了他的博客。是乔巴特别喜欢的风格，博客里描绘的也是乔巴很向往的生活。

那个人当时的职业也很吸引乔巴，是一家咖啡店的店长和咖啡师。他的博客里贴满了他做的咖啡的图片，整个博客里都仿佛溢着咖啡的香味。于是，乔巴有了一个幻想。

乔巴不知道为什么内心会有一种莫名的窃喜，他们就在私信里聊天，那个人会跟乔巴讲他店里常来的客人以及他的故事，乔巴也会跟他讲自己的工作。渐渐地，那种窃喜就变成了两情相悦，乔巴也无意识地陶醉于对感情的幻想当中。

聊了一段时间，快到清明节了，乔巴就问他假期忙不忙，他说还行。乔巴问："那我去找你？"他给乔巴的感觉是没答应也没拒绝，乔巴就认为他答应了。然后，乔巴就去了。

乔巴之前没有坐过飞机，对于坐飞机出去玩充满了好奇。出发前她了解了很多，比如怎么托运行李，怎么办理登机牌，等等。朋友把她送到机场就走了。

飞机落地后，乔巴怀着一颗一百摄氏度的心打开手机，迅速给他发了一条消息："罗迪啦。"三个字打错了两个。他回乔巴："出口，等你。"

　　乔巴有点兴奋又有点紧张，感觉浑身都在抽筋，第一次听到自己怦怦的心跳声。出站前她跑到洗手间补了一个妆，捯饬了大半天，恨不得把刘海一根根摆齐。出站了，乔巴第一眼看过去觉得他长得好帅，和想象中一样，有咖啡师应有的魅力。

　　四月份的重庆，遇见初夏，春暖花开。乔巴觉得这个城市太棒了，心想第一次为了一个人坐飞机，一定会对这个地方记忆深刻。呼吸到鼻子里的空气都很湿润，跟乔巴的心里一样湿润。

　　他们出了机场，坐上了大巴。一路上他们一句话也没说，他就坐在最后一排，帮乔巴拿着行李，身体与乔巴靠得很近，很近。乔巴想去拉他的手却不好意思，想转脸好好看他两眼也不敢，但感觉他们认识很久很久了，那种感觉很温暖。

　　天下任何的情侣如果能保持初遇时的那份美好和彼此最美好的一面，

那这辈子一定会过得弥足珍贵，乔巴多么希望那份美好可以一直延续下去。

他们坐了四十分钟才到市区他姐姐家，他姐姐给乔巴腾出一个房间住，他自己的房子正在装修。

第一天晚上，他们一起看了一部电影，《美食、祈祷和恋爱》（*Eat Pray Love*），是一部很有名的电影。看的时候，灯光昏暗，他们手拉着手坐在沙发上，互相依偎着。乔巴能闻到他身上的咖啡香，时不时还会瞥他一眼。他注意到乔巴在看他，就会轻轻握一下乔巴的手，乔巴就乖乖地继续看电影。那种温暖从机场巴士上一直延续到看电影时。

乔巴说她和那个女主角有很多相似的地方，女主角为了爱情去了印度，她为了爱情坐飞机来到重庆。当时她就觉得不问结果，一定要做这件事情。

他带乔巴去爬山，去吃小吃，去有意思的地方，更重要的是去了他的咖啡店。他把他的朋友一一介绍给乔巴，男女都有，他的朋友说很早就知道了乔巴的存在。那一刻，乔巴用一句酸溜溜的话说就是：很幸福！

这一切的发生应该就是爱情的召唤，乔巴每天就像个傻子一样坐在咖啡店的一角。那角落摆满了书，乔巴就坐在那儿埋头看书，偶尔抬起头来，远远地看着他系着围裙做着咖啡和点心，毕恭毕敬地说着："欢迎光临，慢走！"那一刻，醉在其中。

他也会给乔巴做有乔巴英文名的咖啡，中间忙完了，也会过来陪乔巴坐一会儿。那是乔巴喜欢的场景，有咖啡香，有爱情的美好。系着围裙的他散发着迷人的魅力，乔巴感觉空气都是冒泡的。

乔巴大概待了有十天。中间最美好的印象是，有一天很晚了，他说我们就不回市里了，就睡在咖啡店，把沙发摊开就可以了。乔巴说好啊！

　　他们在咖啡店的露台闲聊，不管聊什么都很开心。其间，乔巴拿起自己的MP3，放起江美琪的专辑《想起》，歌词中描绘的浪漫跟乔巴的感觉特别像。乔巴用一句话形容当时的心情就是："简直美死了美死了！"

　　　　刚刚风无意吹起，花瓣随着风落地。我看见多么美的一场樱花雨，闻一闻茶的香气，哼一段旧时旋律，要是你一定欢天喜地……

　　在歌声中，他给乔巴备好泡脚水，并端到乔巴面前。两个人就在那儿听着音乐，聊着信仰，泡着脚。乔巴会任性地把自己的脚踩在他的脚上，像芭蕾舞者一样用脚尖跳来跳去，把他弄得特别痒，他实在忍不了了就用自己熊掌一样的两只大脚把乔巴的脚困在水盆中间，让她动弹不得。那个形状好像一个爱心。

　　幸福不能被预期。这一刻，滚烫的热水，唯美的旋律，撩人的画面，跟眼前的这个男人，就是乔巴的三分之三。乔巴是一个敢爱敢恨的人，当时她就想可以放弃北京的工作和他一起生活。

　　他的新房子装修，乔巴陪他一起去逛建材城，挑选门把手、地板。乔巴觉得他已经把她纳入他的生活里，于是就带着这种幻想、对老天的感激、对爱的确信，回北京了。

　　因为家里人身体不舒服，要来北京看病，无论如何乔巴必须回去。离开咖啡店前，他们到附近的油菜花地拍了很多的照片，互相拍，包括他的朋友。

　　乔巴带着各种不舍回了北京。离开他之后，乔巴才发现自己真的很思念他，思念到痛不欲生。在狂热偏执的爱情里面，他五分钟不回信息，乔巴就觉得是过了五十分钟。每次发完信息，乔巴都把手机放在床边，一直睁着眼睛看，等他的回复，常常是等着等着就睡着了……

那一个月，中间打电话乔巴会哭，会说真的很想很想你，睁眼闭眼都是你，感觉心遗落在重庆。每天的状态就是想你、想你，无数遍。

家里人在北京做了一个月的治疗后离开了。离开后，乔巴立马给他打电话，他很冷静。乔巴说我很思念你，想再去看看你。他的态度跟第一次一模一样，你来也行，不来也行。乔巴说我还是决定要去，还是很想你，还是想去看看你。

乔巴第二次去和第一次感觉就不一样了。不知道他是真忙，还是焦虑，每天的脾气都很暴躁，对乔巴态度也很差。乔巴每天是低到了尘埃里，保姆式地照顾他，给他洗衣服，收拾房间。

他说，既然你过来了，就不能像第一次那样，我们就要像居家过日子一样生活，没必要每天去吃大餐，出门就打车。他觉得这不是一个长久的状态。

可能是乔巴一个人挣钱，大手大脚惯了，也习惯了比较自由的、不上班的生活。但是他情绪的变化给乔巴很大的触动，他们有很多的争吵。每一次争吵最后都是乔巴选择沉默，选择先说"对不起"。

乔巴一直没有变，还是很简单，他却越来越暴躁，感觉像变了一个人。乔巴告诉自己两个人相处需要磨合，需要时间，要忍。

五月的重庆，多姿多彩。不仅有浪漫的马鞭草，还有多情的玫瑰花，美到炸。当时有一首歌特别流行，所有人都在唱、都在听——张惠妹的《我最亲爱的》。他说张惠妹要来重庆开演唱会，到时候带她一起去看。乔巴说好啊，那时乔巴觉得他们还是会在一起的。

他经常跟乔巴讲他的感情经历。从他的故事中乔巴觉得他很怕孤单，很敏感。所以乔巴的保护欲就涌上来了，告诉自己不管他说什么，都要包容。

可是，无数次的争吵，他无数次的口无遮拦，让乔巴无法再包容了，原来觉得他可爱的地方成为乔巴最不喜欢的地方。虽然他们还是会去第一次去的咖啡店，可乔巴让他给她倒咖啡，他却故意冷落她。他要远离乔巴。

乔巴付出这么多，没有想过要任何的回报，他的朋友也都认为乔巴牺牲了很多，他却对乔巴越来越冷淡。尽管这样，乔巴还是陪他去逛建材市场。

走之前的一天，乔巴去了他的新房，也就是正在装修的毛坯房。他还是会给乔巴一些幻想，说下次来的时候住在我们自己的家。

他会指着毛坯房说这里是卧室，这里是书房，这里是吧台，这一面是蓝色的墙，这里摆一个浅蓝色的沙发，你可以住这里。听完这些话乔巴心里还是会暖暖的。

第二天就要走了，他希望乔巴能再待几天，于是乔巴就改签了机票，往后延迟了几天。

乔巴真正要走的前一天下午，他去咖啡店上班。乔巴一直想买一个新房子的礼物送给他，就独自一人去了市区，买了一盏很畅销的落地灯，亚麻的灯罩，非常简单。

娇小的乔巴拿着笨重的包装好的长条形灯架、方形灯去打车，打不到，就找了一辆摩的，一手灯架一手灯，人群中很扎眼，穿行于拥堵的车流中。

重庆闷热的五月天，让乔巴浑身湿透了，可她心里只想着给他一个惊喜。乔巴告诉自己，不管他们在异地相处得怎么样，即便到今天结束了，她也不能让自己后悔，好就要好到底。

乔巴吹着热风将灯放到家里，他已经从郊区的咖啡店回到市区了，说要欢送乔巴，请了他的一帮朋友去唱歌。于是，乔巴又喊了一辆摩的，但因为不认识路迟到了。

乔巴刚进包厢，他就冲乔巴吼道："你已经来了好几次了，怎么又迟到了！"乔巴没告诉他自己去给他准备礼物了，只是低着头说我不熟。他朋友都看不下去了，说你不要吼人家。

那晚，乔巴点了林宥嘉的《残酷月光》："让我爱你，然后把我抛弃。我只要出发，不要目的。我会一直想你，忘记了呼吸。孤独到底，让我昏迷……"

一切从憧憬到可能的幻灭，这么唱着唱着就走了。

回到北京之后，乔巴没有主动联系他。乔巴一直幻想着他能到北京来看她，幻想着他能拿出一些行动来维护他们的情义。就这样，乔巴一直在北京等他，等他……

他有时会给乔巴打电话，说我们这里新开了一个水上世界，你来玩吧。乔巴身边的朋友告诉乔巴，他来不来北京能测验出他的真心，你个傻子就不要再去了，乔巴说好的。

那段时间，乔巴控制住自己不跟他联系，但还是很想念他。想念他的好，想念他为自己做的咖啡。他很温柔，很有力量，确实能让人变得很平和，但又很敏感，给人一种复杂交错的感觉。感觉像重庆的小吃怪味豆一样，又辣又甜。

突然有一天，乔巴看见他在一个陌生人的博客下面，留了一段很暧昧的信息。乔巴开始怀疑，那段日子里自己是否仅仅是为填补他感情的空白而出现的，怀疑自己那段恋爱是否真实。

乔巴编了一条很长很长很暖心的信息给他，发了短信，也发了微博的私信。一是感谢他的给予，二是表明不想让自己纯真的心在这样无限制的拖延当中消耗与受伤。

亲爱的：

　　谢谢你给我爱的勇气，让我知道我是个为爱勇敢的人，敢于付出敢于接受。感谢你在这个春天给我的美好回忆，渡过嘉陵江到达对岸时，我真的有种心也到达彼岸的踏实感。

　　南山植物园参差起伏的小路，潮湿地带的植物旺盛的生长，石阶上密集葱茏的苔藓。山上的寺庙依偎在众人的祝福声中，我在那里也许下了关于我们爱的愿望。

　　如此这些，就像我们在一起时，我内心所感受到的那样："我们一同步入热带丛林，肌肤感到微热潮湿，彼此感知到对方的温度，在爱的蒸腾中温柔地穿游。"

　　第一次和你在一起的那段时间，我常常梦见这样的场景，与现实一样，我们坐车穿过无数山城中的隧道。可能是我过度沉迷幻象，以为我搭乘的地铁是《重庆森林》中追逐爱的末班车。我赶上了车，以为这就是我的幸福与幸运。

　　现在想起来，或许你承受的压力比我大，我像是行走中自顾自的吟游诗人，而你需要不遗余力地为我搭建场景、布置局面，从而让我可以尽兴创作。或许你已经不堪重负，在你偶尔流露的倦容中我读出了你对于这段感情的焦虑。

但我也常常思考我们可能会走入的明天，我甚至愿意离开北方来到这里。或许是你的过度冷静让我一时澎湃的心重新恢复平静，当我看到你无奈的神情与生怕把我的梦击碎的不安时，我知道，我不能再拖累你了。所有之前爱之汹涌就要转换为独自承担的漫长的痛苦。但我不后悔，我曾为一段可能会发生的爱情去努力争取，破釜沉舟，甘愿做一个听命于你的人，但当我落入尘埃我才发现，你依然是你，你没有改变。

或许是我在强求变化。是我沉迷幻象，想把你塑造成我想要的样子，之前的爱与关怀或许你也是出于礼貌。我不怪罪你，你没有拒绝我的到来，说明你也曾想过：或许我们真的可以在一起呢。是我过度的热烈，让你感到些许被灼伤的愤懑。

我会记住你为我做的第一杯拿铁，春日夕阳下四川美院满坡的油菜花，以及和你的朋友们一起真心话大冒险的肆意谈天。

现在，一切都回到了我们见面第一天的样子，我们躺在沙发上，一起看茱莉娅·罗伯茨的 *Eat Pray Love*，主人公经历爱的分离与痛苦后决定踏上旅程，独自寻找心的方向。面见僧侣，占星，接触灵媒，在自问与对谈中试图摸清线索，找寻爱的真谛。在漫长的旅途中独处并思索：什么是自己，爱之定义，什么是压制与被迫，什么是真正的宽容。

谢谢你亲爱的，在这个春天里发生的两次爱的旅行，我会铭记在心，我不后悔。你让我感受到爱的深度、甜蜜与纯真，以及在爱情里双方都在接受或是忍受的煎熬与责难，爱情的伟大与肤浅，琐碎又完整。

个中滋味，在短暂的相会中我们已尝遍。
爱情很简单，爱好难。
谢谢你，祝福你，再会，珍重。

乔巴期待的回复是他也能如她一样对这段感情充满感谢，虽然不能走下去，但彼此依然保有对这段关系的美好记忆，同时也在这次漫长又短促的异地恋中成长。

但是结果，显然是乔巴单方面接受了痛苦。她收到一条五个字的短信："不必发两遍！"曾经，是一条微博私信开启了两人跨时空的爱恋。现如今，也是一条微博私信耗尽了两人对彼此的情感。

后来乔巴就把他所有的联系方式删了，把博客里有关那个咖啡馆的文字记录也全部删了。他反复地加乔巴，乔巴反复地删除。

一个人不管山水的阻隔、距离的长短，甚至在还没有见到这个人之前就想抛弃自己。这些情感的东西一旦释放，就不会再回来了，那种强烈的爱与恨只限量供应。

这件事情结束以后，乔巴的心始终处于闭锁的状态。再回想当初，殊不知，那部电影《将爱情进行到底》就是乔巴的写照，开始就已经注定两个人的结局。

彻底分开后两个月，有一晚乔巴刚出地铁口，有个陌生电话打过来，乔巴就接了。

"喂，你听！"地铁里人比较多，比较嘈杂，乔巴一时没反应过来。

听了一会儿才意识到是张惠妹的《我最亲爱的》，才知道他在张惠妹的演唱会现场，他们本来说好一起去听的。那一刻乔巴站在地铁口，一个个人影在她眼前穿过，她很难过，很想哭，但忍住没哭出来。乔巴问他最近还好吗，他说可以。然后，他们就挂断了电话。

后来再见面，已经是五年后了。

他有了自己的餐厅，自己的咖啡店。再次见到他，乔巴问自己，当初怎么会看上他的呢？但想想，在当时的自己眼里，他就是自己喜欢的人。

现在乔巴越来越觉得，一个人要懂得爱自己，不要等待着别人去爱。当你本身是完整的时候，两个人在一起才会变得圆满，而不是他来填补你。当你享受自己的时光时，你才不会排斥别人的时光。

短暂的三个月的恋爱，让乔巴开始反思：我是不能独处吗？我为什么为了一个还没见过面的人就抛弃自己？我要找一个人告诉我你值得被爱，还是说需要一个人告诉我什么是爱？

在这段感情当中，乔巴变成了一个很可怕的怪物，不会去想这个人是否为自己改变，而仅仅是自己要不要为他改变。

现在的乔巴越来越懂得韩寒的电影《后会无期》中的那句话："喜欢就会放肆，爱就会克制。"可能是乔巴当初把喜欢当成了爱，把自己的付出变成了别人的一种负担和压力。

在那段感情里面，乔巴爱的其实是自己，是和自己谈了一场恋爱，那种恋爱是有力量的，但不能持久。

乔巴很享受现在的生活状态，每天读书，从书里读到很多浓缩的爱情故事，几页纸就翻过去一个人二十几年的爱情。乔巴会越来越清醒，爱情里没有这种单一的要么你死，要么我活。

乔巴可以把生活过得很有条理。乔巴相信当她准备好的时候，下一份感情就会到来。当然，如果来了就是锦上添花，如果不来她也会好好安排自己的生活，不会因为独处而感到孤独。

爱情可以滋养一个人，也会让人活得很狭隘。爱情是非常小的，但爱是很大的，当乔巴真的懂得什么是爱的时候，可能也就不需要爱情了。现在的乔巴对爱情是憧憬的，克制的憧憬。

故事就是这样的。

久居日本的法国女作家多米尼克·洛罗有一本书叫《简单的艺术》，里面有一段话是这么说的："生活的幸福在于我们如何过滤和解释现实，即使麻烦缠身，英国绅士仍然在衣服扣眼上别一枝鲜花。改变的奥秘在于相信在内心深处有着一个永远保持不变的自我，一个有价值和独特的自我。"

我们可以选择一个人，也可以选择枕边睡一人。我认为乔巴已经清理了那些情感的垃圾，回归到最质朴和简单的自己去感受生活的幸福。她，还是从前的那个乔巴。

把前任当成一次考试，考得好不好不能决定你下半辈子的幸福，你或许早已忘记那份试卷是怎么作答的，也忘记是开卷还是闭卷，只记得紧张奋笔疾书的感觉。时间是个可恶的考官，早早地让你们交卷。走出考场的你们，或相拥而泣，或形同陌路。走出考场，你们就再也回不去了……

"如果要给自己的故事拟一个标题，你会拟什么？"
"我一直都在流浪？只要出发，不要目的？还是不够悲伤，就无法飞翔？
"嗯。就'不够悲伤，就无法飞翔'，比较贴近你的故事。"
"嗯！我们抓紧回去吧，要不然赶不上最后一班地铁了。"
"好的。"

临走时，那只懒猫还是独自蜷缩在沙发上，只不过换了一个姿势……

彼此放过，抑或彼此成全

《后来》 刘若英

/ 北京到西安1159公里，我们坚持了两年，
/ 忍受着思念之苦，但也万分幸福。
/ 重庆万盛区到重庆江北机场125公里，
/ 开车走兰海高速、内环快速只要不到两个小时，
/ 我们却越来越无法接近彼此。
/ 她，从一个"骗子"变成女朋友，甚至是未婚妻。
/ 这一路走来，到底经历了什么，
/ 让我们不得不走到这一步。

还记得这篇采访是我在路边的一个烧烤摊、守着一个冰箱完成的，从零点一直到凌晨两点多。手里拿着的笔记本电脑一直没有打开，而是悄悄地打开了录音笔。

采访前，我和他相识有一年了，这一年总会不间断地联系一下又消失。但这个人，就像信号灯一样，永远在我记忆里的某个地方不停地闪烁着。虽然很微弱，却一直存在。

再次的相逢显得那么熟络，我们互相毫无顾忌地说着一些损人不利己的大实话。如果让我给他一个评价，还真不知道用什么词语。两个人越熟，越难说出对他的客观印象。

他叫鲁杰，在北京读的大学，寝室有个西安的舍友。那时大学流行玩人人网，他们寝室出去玩拍了一张合影，舍友就把这张合影上传到了人人网。

故事，就是从这张照片开始的。

这张照片是他们寝室五个人在北京天坛的台阶上拍的，那天的天气特别好，鲁杰上身穿了一件粉红色的衬衫，下身穿了一条卡其色的裤子。自认为当时颜值逆天！

但是身材和那位西安的舍友相比，就略逊一筹。舍友一米八五的身高，浑身的肌肉，又不让人感觉到腻。因为这张照片，这位舍友和一个在西安读书的女孩在人人网互加了好友。

之后，这张照片就一直待在人人网上，待了一年，不知道被浏览了多少次，多少双眼睛从那件粉红色的衬衫前划过。那时，它仅仅是一张照片而已。

一年后，舍友无聊又上传了一张新照片。这张照片和那张合影开始了一道连线题。

很多奇妙关系的产生可能就是因为一张随意贴出的照片，或一句无心的玩笑话。

大三下学期，鲁杰他们要换寝室，按照不同的省份来分，每个人都有一个身份牌，比如：鲁杰是重庆的，他的名字后面就有重庆的简称"渝"，他的舍友名字后面就有一个"陕"。为了方便舍友之间彼此熟悉，他们就把身份牌贴在了宿舍的门上。

舍友把这张身份牌拍照发到了人人网上。那个他一年前加的在西安读书的女生看到这张照片后，再看了看之前的那张合影，凭直觉断定那个穿粉红色衬衫的就是鲁杰。

不知道她是出于什么原因，在人人网上搜了"鲁杰"两个字进行添加，很奇怪的是，平时不怎么玩社交软件的鲁杰，那天不知道哪根神经搭错了，就玩了一下。鲁杰一看有好友添加请求，还是一个女生，就点进去看了一下。头像是街拍的照片，很漂亮，美得很不真实。

鲁杰看完照片给出的结论是：骗子！绝对是个骗子！怎么可能长这么漂亮！绝对是盗来的图，现在有些女生狡猾得很，千万不能上当。于是就没有添加。

两天后，他的西安舍友跑过来，一副特别谄媚的样子说："杰哥，听说你有一个高中同学叫钟莊雪，介绍认识下啦！"鲁杰想了想说："没有啊！我都没听过这个名字。""别这么小气啦，介绍成了，我请你吃陕西臊子面，一个星期！""我没骗你，真不认识！""可钟莊雪说她是你的同学。"舍友用怀疑的小眼神看着他。

奇怪，这女生怎么回事啊。于是，鲁杰第二次点进她的人人网。想到自己根本就没有一个叫钟茌雪的同学，鲁杰更觉得她是个骗子，凭借自己有点姿色就去骗人，于是跟他舍友开玩笑说："放开她，让我来！"

鲁杰说当时完全是闲得没事做，就是想和这个他认为的骗子过过招，看看她到底想干什么，于是就同意了她的好友添加请求。

"你的出发点真的就这么简单？"我一副完全不相信，又有点鄙视的样子。

他放下手里的筷子，盯着我说："我是什么样的人，你不知道？"

"我和你，很熟吗？你在我心目中就是个二傻子！"

"该配合我演出的你演视而不见……"

"行啦行啦，继续讲正题。"我果断断他让我窒息的歌声。

后来，鲁杰发现的确有一个比他小一届的师弟跟她是同学，还都是重庆人，两家离得也不是太远。于是慢慢地对这个"女骗子"的戒备心降低了一些。说来奇怪，鲁杰基本上跟别人聊 QQ 聊个一二十分钟就不想聊了，那一次，跟她聊了好几个小时。

或许是因为得到了一些肯定的答案，比如那张漂亮的照片的确是她本人，比如她的确也是重庆人。而鲁杰也单身太久了。

其实，那个女生对他在一年前就埋下了喜欢的种子，只不过这第二张照片，让这颗种子苏醒了。种子破土而出的瞬间，他们都体会到了那份发自内心的喜悦。

自从有了联系方式，他们常常一聊一整天，聊到中午休息一会儿下午接着聊，最厉害的是从晚上八九点钟一直聊到第二天早上四五点钟。鲁杰的大学管理得很严格，晚上熄灯后不准玩手机，他就蒙着被子聊，一会儿就像蒸桑拿一样，汗一滴一滴地掉。

"不困吗？""不困呀，和她越聊越激动。确实遇到一个心动的人，就是想和她说话，就是那种感觉。在我们学校，能谈恋爱就已经很了不起了，我们班有四十个人，四个女生。"

鲁杰就读的是中国人民公安大学，新校区在大兴，附近没有学校，找一个餐馆吃饭都比较困难。他们专业管得又特别严，军事化管理，很难出去，所以在学校想找一个女朋友特别困难。

学校没有明确禁止谈恋爱，但必须要低调。鲁杰说学校曾有一对男女同学，下了晚自习之后牵手走，被校长发现了，直接给了一个警告处分，因为穿着警服不能这么高调。

鲁杰读大学之前，经历也很坎坷。他家里条件不是特别好，十多岁的时候母亲就去世了。因此，对鲁杰来说，读书就是最好的出路，否则只能去工地搬砖。他很努力，平时每次考试都会超过一本线至少三四十分，但高考前因为压力太大，几乎每天都睡不着觉，一躺到床上，心就开始跳，心跳的时候就感觉床也跟着跳，再过一会儿就感觉整个房子也在跟着跳，结果第一次高考离一本线差了几十分。

鲁杰非常不甘心只能读一个二本，所以复读了。

第二次高考，鲁杰的分数超过一本线六七十分。但他一直想考的复旦大学只招应届生，所以鲁杰就跟家里人说想填报中国人民公安大学。家里人一听又有中国又有公安还是大学，那就报这个吧。

提前批需要体检并参加体能测试。

体能测试要跑五十米，鲁杰短跑不行，心想这下完蛋了。看到旁边一个哥们儿有一双跑鞋，鲁杰就厚着脸皮过去问："兄弟，能不能把你的跑鞋借我一下？"因为他们都是考警校，那个哥们儿不是特别想借给鲁杰穿，于是说："你可能穿不了啊。我的鞋子是三十九码的。""你就借给我穿一下嘛！"

最后，三十九码的鞋，鲁杰四十一码的脚硬是塞了进去。鞋子小了一点，反而有一个好处，就是爆发力更好。考官一喊"预备"鲁杰就直接跑出去了。体检结束就知道肯定会被录取。

"我们是不是讲跑题了呀？"他喝了一口啤酒，说道。

"没有没有，挺有趣啊。"

"我还是先把我女朋友的事给你讲完吧。我们有一次聊天从11月10号一直聊到了11月11号，也就在光棍节前一天，我们确定了恋爱关系。'女骗子'变成了女朋友。"

光棍节前一天，鲁杰向那个女孩表白了。女孩的生日是12月30号。之前他们只聊过QQ视频，没有见过面，她过生日，鲁杰不能请假去陪她，于是在12月31号，趁着元旦放假，鲁杰就买了一张去西安的火车票，连夜坐硬座赶过去了。

看到真人的第一眼，鲁杰感叹：还是照片漂亮！但真人也差不到哪里去。女朋友带鲁杰在肯德基吃了饭，给他介绍了一下火车站附近的城楼，说总有人在城楼上拍婚纱照。

鲁杰看她当时那种羡慕的表情，心里就在想：我们以后结婚一定要来西安的城楼上拍婚纱照。然后他们坐双层大巴去了回民街、大雁塔，看了音乐喷泉，吃了灌汤包，那是鲁杰从小到大第一次吃灌汤包。和心爱的人一起吃，感觉是那么的甜。

那一天，对于鲁杰来讲，是整个冬天最幸福的一天！

鲁杰说，这是他第一次真正意义上的恋爱，第一次刻骨铭心地谈恋爱，第一次真正知道什么是爱！

第二天下午，鲁杰就匆匆回到了北京，因为学校要点名。期末考试结束，女朋友先回家了。鲁杰放假回家，她去火车站接的鲁杰。那是他们第二次见面。

鲁杰当时准备在市里玩一下就赶紧回家，毕竟半年没有回家了，但是女朋友说她妈妈已经做好了饭让鲁杰去她家吃饭。于是当晚，鲁杰就住在了女朋友家里。

"我很惊讶你们的发展速度。这才见两次面，你就住她家里啦？"
"我也很惊讶！一切来得就是这么突然，总感觉少了什么流程。"
"哈哈……下一次见面，是不是就该讨论结婚、生孩子的事情了？"他没有回答。

第二天要走的时候，鲁杰在纠结事情既然发展到这一步了，他是不是也要带她去自己家看看。于是就顺口问了一句："你要去我家吗？""要去！"

鲁杰之前从来没有带过女生回家，第二天带了女孩回去，他家里人的确很惊喜，对她也很满意。鲁杰带她去他小时候玩过的小山头点火，带她去河里抓鱼，去山上挖野菜。

春节到了，到处的鞭炮声让鲁杰多了一份牵挂，懂事的鲁杰买了点东西去了女朋友家。因为女朋友跟她家里人说过鲁杰家的条件不是特别好，所以过年她爸送了一部手机给鲁杰。她爸怕鲁杰没有钱用，又给了鲁杰一个三千块钱的红包，还跟女儿说两个人出去尽量不要用鲁杰的钱，这让鲁杰非常感动。这就是奔着谈婚论嫁去的。

后来，她家出了变故：她爸爸因为一些问题被抓了起来，判了五年。她因为这件事有点轻度抑郁，鲁杰正好开学，每天至少打三个小时的电话安慰她。过了几个月，鲁杰面临北京和重庆择业的问题。

鲁杰考了北京和重庆的公务员。北京的成绩先出来，考上了。重庆的成绩还没有出来。

后来，重庆笔试也过了，鲁杰正在准备重庆的面试，北京那边突然给他打电话，让他第二天下午两点去签约，所以鲁杰就买了机票从重庆飞往北京。

第二天八点钟，鲁杰和舅舅在学校旁边的咖啡店商量这件事情怎么办。从早上八点钟一直商量到下午两点钟也没有商量出一个结果来。最后鲁杰去签约了，而且确实也签了字，但是签完字之后鲁杰就后悔了，说："对不起，我不想签约了。希望能够把合同拿走。"

鲁杰在那一刻想明白了，虽然在北京待了四年，但他还是有些不适应。而如果在北京签约了，他和他的女朋友可能就会分手。当时她爸爸刚出事不久，鲁杰觉得她很需要被照顾。

还有一个原因是鲁杰自己家庭的原因。他十多岁母亲就去世了，爷爷奶奶年纪大了，一直需要人照顾，如果他留在北京工作，可能每年他们只能见一次面，这样算下来这辈子就见不了几次了。于是鲁杰冒着没有工作的风险回了重庆。

比较幸运的是，鲁杰考上了重庆的公务员，成了巡警支队的一名民警。

这样他们两个小情侣见面就方便了很多，仅仅两个小时的车程。

警察的工作特别忙。有一个周末，鲁杰去参加同学的婚礼，半夜一点钟，突然接到领导的电话，说发生了一起导致死亡的交通事故，必须回去处理，他就只能赶紧回去，可见工作之忙。

但鲁杰只要有时间就去重庆市区陪女朋友，那时女朋友在江北机场做地勤。鲁杰因为工作特别忙，特别累，去陪女朋友的时候，就不太想说话。

"对于很多女生而言，如果你不跟她说话，她就很没有安全感，但是我真的是太累了，不是很想说话，所以慢慢地我们之间就产生了矛盾。矛盾激化后，就分手了。"鲁杰说。

他们谈恋爱期间一次都没有说过分手。虽然鲁杰已经预感到感情出现了问题，可能会面临分手，但是等真正说了分手后，眼泪还是不自觉地就开始往下流。

分手，谁都不愿意说出口，更不愿面对面说，于是，他们选择了在电话里说。

鲁杰当时和室友一块儿住，怕哭声被室友听到，就把门关起来，把手机的音量放得很大，但是哭声控制不住越来越大。那种抑制不住的痛，那种无法割舍的爱，那种不甘又不能的疼，让他一直哭到下午两点钟。

隔了一两个月，某个夜晚，鲁杰突然接到她的电话，说她的腋下有一个硬块，她非常害怕。鲁杰挂完电话连夜开车去找她，送她去医院。

分手之前他们谈过结婚的事情，鲁杰不想那么早结婚。因为他们结婚，她爸爸如果不能参加，这对她的人生来说会是一个特别大的遗憾，他不想她有这个遗憾。

第二个原因是，鲁杰是单亲家庭，不想婚礼上双方都只有单亲。他一直想等她父亲从监狱里面出来，见证他们的婚礼。

第三个原因是鲁杰当时觉得她小时候太过于娇生惯养，还是有点不够成熟，希望她能够再锻炼一下再结婚。这样结了婚之后，对家庭、对孩子都好。

可她不这么想。她认为鲁杰当时这些理由全是在搪塞她，就是不想跟她结婚，这让她觉得很没有安全感，于是就提了分手。

这次鲁杰带她去医院之后，他们和好了。

鲁杰很能理解她确实没有安全感，就是想早点结婚。这次和好之后，他们决定在11月10号领结婚证。领完证之后，她先辞掉工作到万盛这边来，鲁杰先养着她，她慢慢找工作。

但是她妈妈不想让她放弃江北机场的工作，所以两人重新规划好的美好未来成了泡影。有些美好一旦被打破，就覆水难收。

两个多小时的异地恋让两个人都挺累的，都没有信心坚持下去了，所以再次分手。

就在这个节骨眼上，我们节目来到了重庆万盛，鲁杰碰巧成了我们的男嘉宾。虽然已分手，但女孩还是挺介意这件事，打电话哭着问他为什么要参加这个节目。

分手后，她的家人对鲁杰还是一如既往地照顾。鲁杰打算在重庆主城区买房子，她的表姐听说之后就跑前跑后帮他去看。他跟她表姐聊天无意间聊到首付还差一点钱，第二天就接到她妈妈的电话，说愿意借钱给他。

对于这段感情，鲁杰觉得有点惋惜："北京到西安1159公里，我们坚持了两年，忍受着思念之苦，但也万分幸福。重庆万盛区到重庆江北机场125公里，开车走兰海高速、内环快速只要不到两个小时，我们却越来越无法接近彼此。她，从一个'骗子'变成女朋友，甚至是未婚妻。这一路走来，到底经历了什么，让我们不得不走到这一步。"

她最开始跟鲁杰在一起的时候，是鲁杰最苦的时候，要钱没钱，要什么没有什么。是她陪鲁杰从最艰难的日子走过来的。现在也不是说生活有多好，但是最起码想吃什么、想穿什么都有钱可以买。

鲁杰说："也许等她结婚了，我才会放过自己。她不结婚，我会选择一直单身！"

直到现在，鲁杰还在想，不知道还会不会有什么生命的神转折，又把他们捏合在一起。鲁杰也不知道，他们是该彼此放过，还是彼此成全。

Life's a Struggle

《*Life's a Struggle*》　*宋岳庭*

/　*以前的事情不想提，提了别人会觉得你可怜，特别矫情!*

/　*我光想说说开心的。*

/　*现在一路走来也挺好的!*

/　*经历是必经的过程，以后孩子长大了有话讲。*

/　*相比同龄人，我虽然钱赚得不那么容易，*

/　*但我的经历是他们不可能有的。*

零点一刻了，我已经困得在书桌与床之间来回跑了好几次，每次给自己定十分钟的闹钟，眯一会儿就起来看看她有没有回消息，没有的话就再趴一会儿。因为我们说好等她忙完要采访，我是生怕错过她的消息。

我曾约过她几次，每一次她的回答都是："对不起，我还在店里。""对不起，我还在忙。"所以，这次的采访我干脆约在了零点之后，因为这个点她店里的客人才差不多走光。

这两天出差录制节目，比较忙碌，休息得不是很好，总是犯困，抱着电脑随时都能睡着的那种。而且很多宝贵的时间也都在刻板的工作流程中丢失，眼睁睁地被浪费掉。

晚上到海边给一个女同事过生日，切蛋糕、放孔明灯。其间我毫无准备地被同事丢进海里两次。过完生日，穿着湿答答的牛仔裤和短袖就直接去餐厅吃饭，吃完才回房间洗澡。

折腾了一天，本就疲惫的我显得更加没精神了。我趴在床上想：再这么拖下去，不知道什么时候能把这个采访做完，今晚必须得来个了结。那我到底为什么非要采访她呢？

说实话，是在节目正式播出前审片的时候，我对她有了新的印象。她参加节目的资料在电脑里保存了半年多，我一直没有打开看，但心里一直记着。

当时，她和所有被采访者一样，都需要回答一个问题。
"当你想起你的情感经历的时候，你觉得哪首歌最能代表你当时的心境？"
她给我发了一首歌，英文名。听完歌，我有点惊讶，一是因为是一首嘻哈歌曲，二是因为歌词。

> 正当我睁开双眼踏入这个世界，妈妈给我生命现在让我自生自灭。这让我恐惧，在我的眼里每个人都戴着面具。……人家说什么，他们想说什么就说什么，但是他们算什么。没有谁有权利拿他的标准衡量我，主宰是我自己，随便人家如何想，我还是我……

直白的几句歌词，加上歌手一点点叛逆的语气，让我感觉这首歌就是她的真实写照。电脑里反复循环着这首歌，我又趴在了床上。好困！

实在忍不住了，就发了一条消息过去："快结束了吧？"她回："你困了吧？"我当时是真的困了，到了只要让我睡觉，你问什么我都招的地步。我问她："你不困吗？""没办法困，还在端菜。"

是啊，没办法困。本想着不行的话就改天采访，但看到她的消息后，我瞬间像被打了兴奋剂，于是继续盯着电脑屏幕整理她之前的采访资料。

她凌晨一点还在端菜，第二天早上六点就要起床去菜市场买菜，九点店里开门。

创业伊始她很能吃苦，而且这和她小时候吃的苦比起来不值一提。

当年她为了供姐姐上学，十五岁就辍学离家独自去服装店打工。

后来，就是在这个服装店，她认识了初恋男友，一个来他阿姨店里瞎逛的小男生。在她眼中，初恋长得像个女孩，很清秀。而他总说自己很帅，长得像韩国明星。

每天她都站在店门口迎客，他的小男友就会时不时嘻嘻哈哈地跑过来在她面前晃悠，或碰她一下，或戳她一下，或在她面前做鬼脸，或从身后吓她。她不敢和他闹，怕被老板骂。

一个月到了，她要走了，留给他一个QQ号，他们就通过QQ处了两年。两年里，两个人共见了五次面。她从昆明坐卧铺到临沧去找过他三次，他到昆明和楚雄各找过她一次。她多么希望第三年的时候，这个男生突然出现在她面前，说：我们结婚吧。

可，一切只是水中月。他是浙江人，爸妈在云南发展，家庭条件还不错。他爸妈不同意他们在一起，而且态度很坚决，当妈的拿自己的儿子没有办法，就对她施压。老两口轮番上阵，势必要拆散这对鸳鸯。

"姑娘，你听我说。你很不错，阿姨很喜欢你这个姑娘，但是做我儿子的女朋友那是坚决不可以的，我不可能让我的儿子找一个云南女孩。我可以把你当干女儿，你觉得怎么样？希望我们两个人的通话别让我儿子知道。"

"丫头，你看，你家在云南，我们也迟早会回浙江的，这距离有点远呐。你要是嫁到我们这边来，你家里那边的老人也照顾不到。这当父母的，都希望自己的儿女离家近一点，你说对吧？我在这边认识几个比较优秀的男孩子，要不给你介绍介绍？"

"你说你这孩子怎么这么不懂事啊，我们做父母的谁不想为孩子的未来着想。我们不攀高枝，但至少得找一个稍微门当户对的。你的学历摆在那儿，万一结婚有了孩子，孩子的教育怎么办？启蒙教育很重要的。你要是再和我们家儿子来往，我可就要去你上班的地方了。"

看到做父母的这么呵护自己的孩子，她很羡慕。听到他父母在电话里这么央求她，话也说得这么明白，一次，两次，三次……她感觉累了，就答应了他父母的要求。换电话，换QQ，换掉一切他能找到她的联系方式。

我不知道这段戏剧化的恋爱经历对于她来讲意味着什么，但从那以后，她只想让自己更努力、更好，能配得上一个足够优秀的人。

她不愿意给别人打工，不到十八岁，就成立了自己的舞团，成员最多的时候有十八个。开始是自己联系业务，在云南、浙江、四川、湖南跑演出，跑多了，也会有经纪人来找她。

她认为自己不像那些在单位工作的人，出事情的时候有人扛，没有人为她扛，她只有自己，买一袋米都需要自己想办法付钱。

现在的她有一个健身房，还有一个火锅店。健身房一个月要支出七万，火锅店一个月是六万，每个月十三万，自己赚还好，自己不赚就是血本无归。创业三年，每个月就进账两千块，只能解决温饱，还不如打工的时候，但她还是很乐观。

我问她为什么这么乐观，她回答说自己开心是一天不开心也是一天，为什么不让自己开心一点。她觉得自己是个能影响周围人的人，她要是不乐观，很低落，周围人也会跟着很难过。

她时刻给自己心理暗示，她必须要变得强大。虽然没有一个喜欢的人去想念，会显得很孤独，但即使孤独，也要强忍过去。乐观的女孩运气都不错的。

一天晚上，她还是例行演出，不过与往日不同的是，就在众多的观众中，一个男人对她一见倾心。这个男人就是她几年后的未婚夫，但也仅仅是未婚夫。这个男人追求了她三个月。七夕节的演出异常火爆，演出完剧组在舞台上拍卖玫瑰花，那个男人拍下了999朵，并当着所有观众的面在舞台上向她表白。

"你当时心里是怎么想的？"

"接受吧！不能与我爱的人在一起，那就选择爱我的。我接受他其实是为了忘记初恋。"

在全场观众"在一起"的起哄声中，她答应了他。

但为了遗忘前任而与他在一起的感情，让他们磨合了半年，才慢慢找到恋爱的感觉。

她是一个很简单的人，对爱情也是。他对她身边的人都很好，导致她的队友都帮他讲话，久而久之，她自己也被感动了。她认为对她身边的人好的人，对她肯定不差。

她最终决定放心去爱，是在2011年春节的时候，他带她回浙江老家见了他的父母。她这才切实感受到他是真心的，不是玩玩而已。

他爸妈对她也超级好。寒冬季节，他家里没有空调，还下着雪，她受不了那种冷，他妈妈就出去给她买了件大衣，晚上十二点还给她煮红糖鸡蛋。后来又去冰冷的河里帮她洗鞋子，她特别感动。虽然他长相一般，身高一般，家庭环境也一般，但她认定他是真心的。她有点心动了。

生命中某些心动的片刻，其实都来自一些微不足道的小事。这一心动，会潜在地引发你心理和生理上的一些变化。你会不自觉地多在乎一下他的感受，不自觉地多留意一下他的喜好。喜欢，从心动开始；爱，从喜欢开始。如果没有那次回老家见他父母，她或许还在徘徊。

既然爱，那就应该纯粹些。

于是，她全身心地投入了这段感情，放下了所有的戒备心。

他生日快到了，她熬夜半个月为他做了一幅画。那幅画是把啤酒瓶打碎，用玻璃渣一点一点粘出来的。毫无手工经验的她十个手指头有六个都不小心被玻璃渣扎出了血，但她贴个创可贴就继续粘。血浸出来滴在画上，她就拿湿纸巾一点点擦，终于在他生日当晚做完送给了他。

他在她20岁生日的时候，当着她妈妈的面向她求婚："伯母，我会对你女儿好！你女儿不容易，我很喜欢她。请伯母放心，我绝对不会辜负她的！"她听了之后很感动，也很想笑。

两个人谈了两年多，觉得彼此了解得差不多了，也都见了双方父母，就商量着准备结婚，结婚的日子也选好了。

她心想，既然要结婚，也该给自己一个新的生活了，于是就解散了成立三年多的舞团。

"两年多，谈的时间也差不多了。"我说出自己的真实想法。

"谁知道，我舞团解散一个月没到，他就消失了。"我还没反应过来，她接着说，"五年过去了，直到现在我都没有见过他！"

"消失？是什么意思？"我惊呆了，甚至怀疑她的表述能力。

"不知道。好像他劈腿了。"她回答。

我像是被针扎了一下："消失前没有征兆吗？"

"征兆就是两人开始有了争吵，也不知道吵什么，很多问题吧。"她说。

"那他的爸妈没有帮你找吗？"

"不能和爸妈讲，小辈的事情我不希望让大人操心。他爸妈很实在，儿子的问题不怪他们。"

"他消失了。你啥反应？"

"抑郁了几个月，然后就一个人来福建了。那个时候不知道自己是怎么过来的。"

"没做傻事吧？"

"没有，我看上去没那么不理智吧！我觉得我挺值钱的，不能做傻事。"

最后，我问了一个听起来很愚蠢的问题："万一你突然见到他了怎么办？"

"不会怎么样，我会把他当朋友。都这么大了，难道还要打他一顿、骂他一顿？人要乐观点。他消失半年就结婚了，现在女儿都好几岁了。"

"你怎么知道他结婚了？"

"我以前队员也有他微信，可以看到他的朋友圈，就告诉我了。后面他有加我微信，我同意啦，但没聊过天。他屏蔽我了，我看不了他的朋友圈。"

"你为什么会同意啊？"

"同意是因为我觉得我没什么对不起他的，就想让他看看我的生活，其实分开了我过得也不差啊。是不是有点报复心理？"

"这种心理，我还是有点难理解。"我不知道她为什么会这样做。

"我似乎也理解不了。"

快速简短的几句对话，就涵盖了那几年的情感历程。

一个女人为了一个男人放弃了自己的事业，放弃了自己多年建立起来的友情，正准备为了一个美好的未来全身心投入的时候，却被毫无防备地一箭穿心。

"哭要自己哭，开心要大家一起。"这是她的格言。这段感情经历过去五年了，她现在独自在福建宁化闯荡，带着一身的伤，无人能治愈。

五年了，她还是一个人。

有时候夜里醒来，她会独自喝上一杯，和自己的过往干杯。

她，如一杯烈酒，被一个男人碰洒了半杯。兑满后，虽已没有从前饱满浓烈的感情去爱，但她还是继续期待和寻找着。有时，她自噬着伤口，回想起当年组建舞蹈队的苦，也还是会难过。

她，刚开始做舞团的时候很难，身上只有三千多块钱，买了四套演出服，带着队员在云南楚雄演出。演出完回昆明要两个小时车程，太晚了，没有大巴，也没有钱包车或打车，她干脆就找了个天桥，带着一个男孩四个女孩，坐在演出服上聊天，聊了一夜。

她，没钱的时候一天只吃两顿饭。有时一天要跳十个小时，晚上十一点下班，没钱吃大排档，她和队员就要一个大份的炒饭，十五块钱，五个人吃一碗。

她，看到人家吃炒螃蟹，特别想吃，演出第二十天的时候结了工资，才带着队员吃了一份炒螃蟹，三十八块钱一份。

她，在昆明演出，没钱坐车，五个人拖着编织袋从晚上十一点走到早上五点多，到了住的地方胳膊都麻了。那时他们租的是民房，不到六百块，女孩在里屋打地铺，男孩睡外面。

慢慢地，苦尽甘来，舞团被她带得越来越好，大家的收入也高了很多。后来解散舞团，离开这帮曾与她同甘共苦的兄弟姐妹，她也特别不舍得。

她会把闺蜜的生日过得很浪漫。闺蜜过生日那天，她请闺蜜吃饭，让好多人帮忙做展架，订酒店，在酒店张贴海报。闺蜜一到酒店发现酒店大堂两边都是她的展架，一出电梯又都是海报，瞬间崩溃大哭。

KTV也布置了，摆了蜡烛，买了鲜花，贴了海报。家里面也布置了，衣柜上是海报，床上是提前用闺蜜的头像在网上做的床单被套。闺蜜要回老家了，那是她们在一起过的最后一个生日。

她之所以这么做，是因为闺蜜从小比较苦，妈妈是智障，爸爸去世了，姥爷有癌症，每个月要化疗，她想给闺蜜留个美好的回忆。

她之所以能理解闺蜜的苦，是因为她从小也经历了很多。她妈在家种田，她爸在工地干活，家庭条件不好。当年她爸是出去打工认识的她妈，妈妈家是山里的，很穷，爷爷奶奶就不待见她妈。

刚结婚她爸也不懂事，总是往外跑，一年回家一次。她叔要结婚，爷爷奶奶就把她妈和她、她姐赶了出来，那个时候她才七八个月。

有个好心的奶奶把她妈接过去，在她的老房子里住了两个多月。

她妈一个人带着她跟姐姐，靠打草席养活她们。她们一个月出去卖一次草席，那天凌晨四五点妈妈就要把她们叫起来。妈妈在前面拉着车，她们俩在后面推。中午天气很热，她们穷得连两毛钱的冰棍都买不起。

她小时候穿的衣服，都是亲戚家小孩不穿的。她读初中练体育，连运动鞋都买不起。跑一百米需要跑鞋，她就借师兄的穿，鞋子太大，脚一崴，鞋子就甩出去了，她双膝着地，跟煤灰铺的跑道一摩擦，血当时就流下来了。可她顾不了那么多，跑到水龙头下面一冲就接着跑。

现在家里的东西都是她买的，从锅碗瓢盆到冰箱、热水器、洗衣机……有时节假日回家给姐姐钱，姐姐不要，还哭，觉得当姐姐的对她很愧疚。现在一家人还算融洽。小时候的苦日子，让她们觉得现在很甜。

她说自己的缺点就是心太软，即使另一半出轨还是会给机会。不谈恋爱就不谈，一谈就会很认真地谈，短短几十年，不想跟这个谈两年跟那个谈两年。

她并不太想回顾自己的从前，她说："以前的事情不想提，提了别人会觉得你可怜，特别矫情！我光想说说开心的。现在一路走来也挺好的！经历是必经的过程，以后孩子长大了有话讲。相比同龄人，我虽然钱赚得不那么容易，但我的经历是他们不可能有的。"

"那你觉得这两段感情对你最大的馈赠是什么？"我问。
"成长。没钱就没有未来，所以我要自己努力。"她回答。

> 生命像海浪一样有时高有时低，
> 你是否告诉自己坚强度过各种时期。
> 我从命运的天台放眼却看不到星空。
> 漆黑的天空压在头顶使我不得轻松。
> 在我心中，找不到一个安静的角落。
> 我不能再沉睡下去，良心仿佛在笑我。
> Life's a struggle　日子还要过，
> 品尝喜怒哀乐之后，又是数不尽的troubles。
> Everyday有多少问题要去面对。
> 有多少夜，痛苦烦恼着你无法入睡……

这首歌唱得真好："日子还要过，品尝喜怒哀乐之后，又是数不尽的troubles ……"

她，叫上官馨雪，1992年的女汉子一个。她有好几个外号：官仔、小黑、官二爷、一姐。

未语，此生却已诀别

《心经》国语朗读版　邝美云

/ 我这辈子最遗憾的事情，就是没跟他解释，我跟那个男的没有关系。

/ 我当时跟他怄气，我们处了那么多年，他怎么就不了解我。

/ 他的葬礼，我爸妈不允许我去，怕我控制不住。

/ 他死了，我也没有见他一面，真的特别伤心。

/ 他说过，如果有一天他死了，就把他的骨灰撒到江里面。

/ 火化那天我真的没有勇气去。

/ 不敢走他家的那条街。

在未考虑出书之前，她是我写的第一个故事，也正是她让我有了用文字记录时间痕迹的想法。林林总总算下来，我和她相处的时间不超过七天，在那短暂的几天里，我看到了一个女孩对自己的悔恨。一段夭折的爱情，一段未走完的天涯路，只剩下她自己，形单影只。

节目录制结束后时隔两年半，我再次拨通了她的电话。第一个问题是："过了这么久，找到对象了吗？"她先是哈哈大笑了几声，然后回答："我还单着呢，家里人介绍的都不太喜欢，还是顺其自然的好，我相信该来的总会来的。"……

她开了一间茶馆，不方便长时间在电话里交流，我就把我想问的问题罗列了一下发给了她。发这些问题的时候，我知道自己有些残忍，明知道是别人的痛处，却还睁着眼一针针地扎了下去。

回忆里有什么？我问我自己。回忆里有背影，一个个再也不愿意为你转身的背影；回忆里有死亡，一段段被葬送的爱情和青春，尸骨无存地在你的回忆里；回忆里还有未来，一幕幕畅想的美好被你的双手扼杀在回忆里。

她的回忆里，有什么？能留下什么？回忆随着时间穿越大山深谷，一些已经被彻底忘记了，一些被放在清水里一遍遍地洗过来洗过去，洗得双手泛白、泪眼婆娑。

是啊，一个死了那么多年的人，你为什么还总提他呢？为什么？一个人的两个自我在身体里互相撕扯，是怕忘记，还是为了赎罪？

2015年在云南维西县县政府会议室采访她的时候，她还是一个特产销售员，其貌不扬，能记住的就是她乐观的性格，还有低头撕纸巾、眼泪哗哗的场景。

听了她的故事，我们很怂，都哭了，从主编到编导，无一幸免。

当然，不是我们太感性，而是她太真实。

第一次见她，她迟到了。我电脑里还记录着她当时做的自我介绍。

"我叫蒲赞英，1986年的，之前在星级酒店当餐饮部经理。白族，有两个哥哥，我一出事情就哭，嫁祸给我哥哥。工作半年，最擅长说话，属于那种能把死的说活了、把活的说死了的人。我比较独立，不依赖男人，也不干涉他的生活，不要做触犯原则的事情，否则不会原谅他。"

"周围人说我比较爱笑，放得比较开。我爱张口大笑，牙齿有缺口也不管了。我从小就很乐观，热爱装大侠，一堆人里一般都是我说了算。记得在家里扮演一部古装电视剧里的大侠，一个剑跳，结果头撞到门顶上，当场就昏了。"

听完她这段自我介绍，我和牙签妹赵文文互看一眼后都忍不住笑了。她这自我介绍说得很溜，像在说单口相声，表情和动作都很丰富。尤其是她那颗有缺口的牙齿，不说没看出来，越看越觉得有喜感。

她说她特别讨厌小学老师，因为老师给她起了一个绰号叫"懒姑娘"。她还被评为班里的四大丑女之一，而且她是四大丑女之首。因为这，她还曾把老师堵在家门口骂了一顿，骂的话还特有水准，比如："你这是违背教师公德。你作为一名党员，没有以身作则……"

她胆子也很大，家里杀年猪，请不到人，她就跟她爸杀猪，她下刀。她爸指着说捅进去，她眼睛都不眨，"噗嗤"一刀就捅进去，血就流到放好的盆里。她从小学到初中都是班长，曾经和别人打架，把别人打得一个星期没下来床。

长大后，四大丑女之首的她变得越来越漂亮了。到底有多漂亮？她自豪地说，她的小侄女拿着她的照片在学校里卖，十块钱一张，居然还有人买。她这个小侄女，绝对遗传了她的风范，够狠！

高中时的她已经褪去了"丑陋"的外衣，从四大丑女之首变成了四大美女之首。用她自己的话说，演白素贞的女孩能长得差吗？那时，她在学校也算是一个明星级别的人物了，没跟哪个男生表白过。她觉得只有别人追她，没有她追别人。

就在我们沉浸在她的趣事当中的时候，她说话的声调突然降下去了，语速慢下来了，脸上的笑容藏起来了，双手开始莫名地扯纸巾了。我看到她的情绪变得阴沉沉的，谁的内心没有一个隐藏得很深的空洞，当一束光射进来，眼泪就会不由自主哗哗地往下流。

那一刻，我们都不知道该做些什么。我一直觉得男女间那些山盟海誓都是假的，那些歃血为盟也是假的。我不会百分之百相信一个人的话，但我相信一个人的眼泪，因为眼泪不会造假。

她哭的样子和她的性格一样，毫不掩饰，任内心的情感肆意地爆发。在敲打这一行字的时候，我仿佛又回到了那一瞬间，坐在她的对面，沉默不语。

一段感情，因一句话而开始，因一句话而结束，也因一句话而成了终生的遗憾……

总有人要先走，我希望那个人是我。

曾经的年少无知，曾经的鲁莽武断，都只因为年轻！人的一辈子有一次轰轰烈烈的爱情也不枉对"青春"二字的辜负。聚散苦匆匆，此恨无穷。

故事开始于高中。

那时，蒲赞英唯一喜欢的一个男生，她的同桌也喜欢。并不知情的同桌请她帮忙去追那个男生，她就帮忙去追了，陪同桌去看男生打篮球，去食堂看男生打饭，帮同桌递情书。

有意思的是，她每次递情书都递得那么坦坦荡荡，像洗脸刷牙般正常。而且两个人每次都是同样的对话："这是我那个朋友写给你的，拿着！"他回一个："嗯。"然后她转身就走了。

我说："你这个'拿着'好像是司令官在发号施令，为什么不告诉他你也喜欢他？"

她说："那个时候，知道自己喜欢他以后，没想这么复杂，就知道不能告诉他。打个招呼就很满足。"她的同桌也一直不知道她喜欢这个男生，还让她帮着追了一年，递了无数封情书。

高考结束，她和那个男孩考到了同一个城市，心想着机会终于来了，于是就主动发邮件跟男孩子表白。发第一封，他没有回；发第二封，他没有回；第三封、第四封……他一直没有回。

他是校足球队的，于是，她就偷偷跑去他的学校看他踢球，吃完中午饭一点半就在他学校操场的树林里等。能见到算是幸运，见不到也很正常。那个时候见他一面，能管一个星期，这个星期她干什么都铆足了劲儿。

她白天跑去他的学校看他踢球，晚上就在宿舍给他发邮件，每周写三五封，一直写，一直写……而他也一直没有回。她心想：他是不是不看邮箱？一定是没看到所以才没回。所以，她把之前写的二十几封信全部又手抄了一遍，晚上宿舍熄灯，她就弄个装电池的小台灯继续写。

她有一个癖好，就是信里不能出现错别字，只要有错别字，她就撕了重新写。所以那些信都工工整整、一笔一画，写得很慢，很认真。那劲头儿比写血书都有仪式感。

写完之后，她就把这些信折成千纸鹤，周末去他学校的校门口蹲点，手里拿着折成千纸鹤的信，等待他的出现。有时候等一天都等不到，有时候刚好就能遇见，她就跑上去，把一周的信一股脑地塞给他就跑。

信是给了，可还是一直没有回信。但她没有动摇，还是没事就守在他学校操场的树林里看他踢球，从最开始的不让他看见，到最后让他看见，并主动给他买水喝。

她说："我就不要面子了，就一直追他，一定要做他的初恋，还请他吃饭。有段时间他得了乙肝回家治病，回到学校以后身边的朋友很少敢接触他，都怕传染，都与他保持距离，他自己因此也有了点自闭症。我才不管这些，猪都敢杀，这点困难算什么。"

追他的日子，她喝他喝过的矿泉水，用他用过的碗筷，还把他喝过的矿泉水瓶收集起来放在床头。她每天这样把她舍友都感动了，说第一次见这么优秀的姑娘这么拼命地追一个人！她追了他半年，写的情书摞起来有厚厚一沓。

我特别佩服赞英，佩服她能这么坚定地喜欢一个人，还喜欢这么久，而她喜欢的那个男生依然没有做任何何的表态。她坚持得好辛苦，但自己浑然不知。他在哪儿，她的目光就停在哪儿。夜深了，她还在为那个男生写着情书。他就是让她沉迷的海洋，让她无法自拔。

终于，在一次大学老乡聚会上，这个男生喝醉了，借着那股酒劲，向蒲赞英表白了。

原来，在高中的时候这个男生就喜欢她，只是一直没有胆量和勇气向她表白。

就这样，他们两个在一起了，这个男生对她也特别好，不让她洗碗，怕水冷，她的衣服也是男生洗。那段时间两个人都很穷，因为男生迷上了玩乐器，赞英为了给他买好一点的乐器，经常饿肚子。买方便面，她吃面，他喝汤。有的时候他们连一个鸡爪都吃不起。

大学的恋爱就是这么纯粹，没有太多世故，觉得爱情就是人生的盾牌，没有什么可以刺穿。爱情让人忘记了时间，时间也让人懂得了爱情。

采访中一直未打断她，其实心里面特别想知道到底是一个什么样的男孩吸引了她，值得她如此不计后果、不计得失地付出。

不知不觉就大三了，蒲赞英要出去实习了，就在这个时候，男孩在学校认识了另外一个老乡，从此更加痴迷音乐，不上课，混酒吧。学校才不管这些，旷课就是违规。

学校开始通报批评他，她很多次劝说都无用。

这个男孩对她说，他终于找到了可以寄托的东西，他已经忘记了这个世界。

她虽不理解这句话的意思，但为了赚钱给他买好的吉他，就出去努力打工赚钱。

一天晚上，赞英参加完演出，她的一个朋友开着豪车顺路把她送回学校，就在下车的时候，这一幕被男孩看到了，他什么话也没说，转身就离开了。赞英给他打电话，他也不接。

之后碰面，他说："没想到你是这么爱慕虚荣的一个人，你想找有钱的男人就走，不要跟着我浪费你的青春。"相当有杀伤力的一句话，就这么鞭打在她的身上。

她站在那儿，并没有解释什么。她说自己失望了，她什么都可以原谅，但是以为她是爱慕虚荣的女人他就错了。她没有解释，一气之下就回到了自己的家乡，两个人也就分开了。

2013年春节，那个男生又给赞英打电话，约她出来散步。他说自己一直没有找女朋友，问她有没有找男朋友，她说自己也一直单着。

于是两个人就约定：她再等他一年，到2014年，两人合伙开一个琴行，然后结婚！

就为了这个约定，蒲赞英一直在等着他。

2014年9月4号下午，噩耗来了。

男孩表哥给蒲赞英打电话，说男孩出车祸去世了。

她哽咽着说："我当时就昏了过去。我说我这一辈子都没有这么爱过一个人，为了那个约定，我自己还在学架子鼓。当他妈妈拿着他的遗照的时候，她不知道其实我才是有他照片最多的那个人！"

"我这辈子最遗憾的事情，就是没跟他解释，我跟那个男的没有关系。我当时跟他怄气，我们处了那么多年，他怎么就不了解我。他的葬礼，我爸妈不允许我去，怕我控制不住。他死了，我也没有见他一面，真的特别伤心。"

"他说过，如果有一天他死了，就把他的骨灰撒到江里面。火化那天我真的没有勇气去。不敢走他家的那条街。"

"我希望他去天堂一路走好，在天堂里实现他一直想实现的愿望。他一直喜欢玩音乐，一直想在北京开自己的演唱会，希望他在天堂可以实现这些愿望。他是我最割舍不下的，最难忘的。"

"他一直没有谈恋爱，我是他第一个也是唯一的女朋友。我进入他的内心世界，很不容易。我真的好爱他……"

"好爱他"这句话，他一定听到了。他一定也在另外一个世界大声地说："我也爱你！"

今天，是我出差回北京的第一天，吃完午饭跑到花店买了两株向日葵，因为向日葵在我心中象征着阳光和温暖。

看到办公桌上的向日葵，我就会想到蒲赞英。在我心中她就像向日葵，迎着太阳的方向，敢爱敢恨。我不知道这么形容她，她是不是能接受。

我不知道她是否还留着他的照片，也不知道她是否会在他的祭日到江边祭拜他，但至少我知道，他们曾深爱过。纵使分离，他在她心中泛起的波澜，也永不会消失。

你是我平淡日子里的刺

《说了再见》 周杰伦

/ 这座陌生的城市，仍无法融化你的冰冷归属。

/ 回忆还冰封在你说的我爱你。

/ 驻足凝视，你我似乎只隔着半条马路，可我怎么走也走不到你面前。

/ 每个夜晚，我都在臆想，看到燃烧的烛火我都会虔诚地为你祈祷。

/ 曾睡梦中惊醒你突然的离去，曾笑声中泪奔你写下的道歉，曾日记中复习你留下的温度。

/ 你说我们都没错，这一切只是意外。

／ 路灯下低眉，闪过的是你的影子；民谣里闭眼，映出的是你回眸一笑；
　　　　／ 咖啡屋倾听，锁定那熟悉的杯错声。

／ 还记得我们夏天骑过的单车，也记得你抹去眼角怕失去的眼泪。
／ 还记得我们江边一起放的烟花，也记得你任性时肉嘟嘟的嘴唇。

　　　　／ 有口无心的承诺让彼此折磨疲惫。
　　／ 你渐渐变成我平淡日子里的一根刺。

徐林辞职了，李昂辞职了，王松柏辞职了，文静辞职了，刘祥耀辞职了……

这段时间辞职的人扎堆了。

真是年纪越大，遇事越是内心波澜不惊。见惯辞职的我，已经没有感觉了。

端起牛奶巧克力喝了一口，凉了。

唉，人走茶会凉，心也会凉，因为那份对情义的不舍。

翻看着采访笔记，一对夫妻按下了人生的暂停键，双双辞职，抱着刚出生不久的小女儿，从大城市南京回到了故乡湖北赤壁的一个小村落。是什么情怀让他们做出这样的决定？我特别佩服他们，但始终无法接受他们说出的理由。也许就是一时的冲动，说不出来的理由，解释不清的缘由。

手边摆放着的芒果冰激凌蛋糕，冰激凌已经化了。有些东西搁置久了，是会变的，包括感情。要不你吃了它，要不就不要碰。消费感情，是需要付出代价的。

指尖僵硬了，眼泪簌簌地往下落，和冰激凌搅在了一起。

听惯了那些耳鬓厮磨的爱情，也看惯了一些影视剧中那些虚无缥缈的爱情。

真是年纪越大，越觉得孤单，有些带刺的话题就不自主地安在了你这个年龄段的人身上。而年纪越大，也越没有了脸上的欢笑。最好的状态就是抽离出来，远观着发生的这一切，或许你的开怀大笑还不及我的安静来得更幸福。稳稳的幸福，不是由脸上的笑容来定义的，而是一种长期的状态。

旁边一桌人的笑声已经压倒性地盖过了我耳机里的声音。笑得肝都颤了。

曾经，我何尝不是这么笑，那么满足，那么肆无忌惮。

有些时间是用来冥想的，有些感情是用来填补你某段时间空白的，让你在回忆的时候不觉得失落。大千世界，无论谁和谁在一起谈恋爱，结局无非就那么几种。我们有着不同的名字，不同的人生阅历，但我们的故事却是那么的相似！

人生路那么漫长，荆棘也是随处可见，即使再小心，也会被刺扎一下，只不过有的扎得深，有的扎得浅；有的是扎进去拔不出来，有的是轻轻松松就拔了。不管怎样，那个"痛"的滋味你是品尝到了，甚至刺在他身，痛在你心。下次，你是绕路呢，还是直行？你自己说了算。

有的时候，我会觉得我写的不是文章，而是心情，一条很长很长的心情。是另外一个我在诉说着我经历的一切。

身边嘈杂的声音没有了，一张张座椅待在那儿也闭上了眼睛，清空一下自己。头顶的风扇还在不停地转着，一圈又一圈……

牛奶巧克力，见底了。
该回了。
临走前，我想和你说几个故事……

[1]

黄美燕，身高一米七三，是派出所的一名警察，朋友们都叫她大燕。

她在公安战线上工作将近十三年，其中有七年在戒毒所工作，曾获得广西公安厅"阳光警察"称号。

黄美燕就是个百事通，村里有人想买鸡，想找修鞋的、补裤子的、卖麻糖的、修水管的、卖鸡蛋的，都找她，就连给猪结扎这种事她都能办到。

黄美燕和他的前男友是入警培训时认识的，对黄美燕非常好。

有一次黄美燕去南宁培训，没带厚衣服，他就坐两个小时的大巴给她送过来。黄美燕单位在乡下，只要发信息说想他了，他就会打两个小时车来看她。

谈了两年，见了家长，也在南宁看了房，准备结婚了。

正月十三，他们吵架了。

他说想见黄美燕，在来黄美燕家的路上，开车撞到树，去世了。

黄美燕内疚了三年。他走后的三年，每逢过年、中秋黄美燕都会去看他爸妈。

每年他的忌日，黄美燕都会去南宁吃一碗米粉，因为那是他最喜欢吃的。

他刚走那三年，有时候黄美燕半夜做梦想起来，就关门，开音乐，放声大哭！

这么多年，他出事故的那一段路，黄美燕都不曾去过。

他送黄美燕的招财猫，黄美燕收起来了，不敢拿出来看。

就这样，一个人永远地住在了她的心里，成了她心里隐隐作痛的一根刺，拔不出来。

[2]
常滢，29岁，身高一米七，毕业于解放军艺术学院。

她两岁的时候就开始喝杯子里的啤酒沫。三岁时发高烧，她爸爸问她想吃什么东西，她说什么都不要就要喝啤酒，结果喝了几口啤酒沫沫第二天就退烧了。

她三岁开始学舞蹈，擅长古典舞和民族舞，六岁学电子琴，十岁学钢琴，十三岁学古筝。

现在她是一家文化传媒公司的老板，也是一位单身妈妈，儿子六岁了。

常滢大四的时候受邀参加一个圣诞节的演出，一首《婴儿》打动了台下的一个男人，这个男人就让朋友介绍他们认识。这个男人告诉常滢他结过婚，不过已经离婚了，她信了。

回到学校后这个男人每天打五个电话，早晨来电叫起床，午饭前来电问吃什么，饭后来电问吃得怎么样，晚饭前来电关心晚餐，睡觉前来电说晚安，常滢的同学都叫他活闹钟。

那时候，常滢不开心了他就带她去旅游，过生日的时候会给她惊喜，在KTV包厢的墙上、地上、茶几上铺满了玫瑰花。

就这样持续了半年，常滢被感动了，决定和这个男人在一起。

常滢爸妈认为这个男人学历低又是农村户口，门不当户不对，坚决反对他们在一起。常滢觉得爸妈太老土了，都什么年代了还提门当户对，父母越是反对，她越是要跟他在一起。

不久，常滢怀孕了。他们直接领了结婚证，没有办婚礼，并跟常滢父母断绝了关系。

就在孩子刚满两岁的当天夜里，家里突然来了两个警察把这个男人带走了，当时常滢就崩溃了。之后，法院判决这个男人犯重婚罪，获刑两年半。

常滢傻眼了，那个男人解释说以为和前妻分开三四年那张纸就无效了。三十七天没出门的常滢，无法面对外界的流言蜚语，觉得对不起父母，对不起孩子，甚至一度想了结自己的生命。

常滢的一个姐姐劝她：如果你死了，你的父母能陪孩子多久？你爸妈再走了他怎么办？他已经没有了父亲，你要是再离开他，他怎么办？在常滢所有希望都破灭的时候，这个孩子让她看到最后一点火光。

跟那个男人在一起的时候，常滢每天什么都不用做，过着"少奶奶"般无忧无虑的生活，家里最多的时候有两个保姆。她吃完饭就是逛街、看书、看电视、陪孩子玩，很闲很滋润。

而现在一切都变了，常滢觉得这些不是她这个年龄该经历的。

但路是她自己选择的，无论怎样，她都要承担后果。整天以泪洗面是无法解决问题的，为了自己，也为了孩子，她告诉自己要振作起来。

两年半之后，那个男人出狱了。可一切都不再是当初的样子，两人也不再有当初的感觉。

他们哭着见完面，哭着说出了不再见。

可令人心痛的是，那个男人不久便离开了人世，或许他也舍不得这对母子，却不知道如何补偿。

那个男人不知道他那四岁多的儿子经常喊舅舅爸爸，会跟妹妹抢"爸爸"。妹妹说："是我爸爸！"儿子说："这是我爸爸，我爸爸，我爸爸……"

一次儿子发烧，常滢做活动走不开，做完活动回到房间，看着手机里儿子的照片，禁不住蒙头大哭，觉得对不起儿子。

常滢始终觉得，无论大人做错了什么，孩子都是无辜的。

这个孩子就是常滢心里的一根刺，孩子越长大，这根刺就刺得越深，越痛。

[3]

蔚平是上海人，但是在新加坡读的中学，中一全校第二，中二全校第一。曾获世界华人作文大赛三等奖，代表学校参加新加坡青年节华乐比赛获全国金奖。没上高中，是南加州大学的荣誉生。

毕业后蔚平就留在了美国，在美国政府机构的一个石油气体公司工作。一周工作五天，朝九晚五。

从六年级到初中，蔚平一直暗恋一个同班同学。同学是台湾人，长得比较清秀、可爱，中文很好，总考第一名，蔚平就一直想打败她。

有一次蔚平回上海，这个女孩收集了班里所有人的邮箱地址给他，让他可以跟大家随时保持联系。蔚平挺感动，他自己也不知道是不是因为这而动的情。

后来，蔚平为了给自己多年的暗恋一个交代，鼓起勇气给她发了表白短信。
结果只收到两个字：谢谢!

蔚平真正喜欢并且在一起的女生也是他的同班同学，用蔚平的话说这个女孩身材特别好，讲话比较温柔，比较甜，中学时还参加过模特比赛，气质尤为突出。

可惜，当时她有男朋友。蔚平就一直等着、盼着，就这样过了两年。

蔚平19岁的时候，她分手了，蔚平很惊喜，带她去一个神秘的小地方看洛杉矶夜景，抓住机会表白，没想到她竟然答应了。

然而，美好的幻想很快就破灭了。虽然女孩说她已经分手了，可她的前任却一直死缠烂打，经常跟踪他们。跟踪了一个多月，蔚平一次次问女孩原因，女孩都支支吾吾不肯说，让蔚平很是不解。

终于有一晚，在家附近的一个角落，蔚平逮住了那个男孩，两个人厮打了起来。

打完之后，两个人就分手了。原来，蔚平只是她恋爱中的一颗棋子。

他等了她两年，没想到在一起一个多月就分手了。之后，蔚平一年多时间没有恋爱。

在南加州大学，他谈了第二个女朋友，仍然是同班同学，也是台湾人。

一次放假，蔚平去台湾玩，这个女生正好生病了，蔚平就去她家看望。女孩家境很好，家里人对蔚平印象也特别好，只是那时的蔚平并没有什么特别的想法，仅仅是当作朋友问候一下。

之后的日子，这个女孩总主动给蔚平打电话，后来有一天，她突然说要从台湾飞来上海找蔚平。蔚平有点蒙，又有点惊讶。

虽然有点惊讶，但蔚平又感觉他们的确好像已经在一起了。对于在一起处朋友这件事，女孩来之前他们其实已经有一点共识了，是心里的那种感觉，只是蔚平一直没说出口。

这次女孩来上海，还把她爸爸带过来了，蔚平第一次觉得恋爱还可以这么谈。见面是在女孩住的酒店，这次见面算是确定关系了。在上海待了一个礼拜后，她就飞回台北了。

再次见面，就是在南加州大学了。

回到学校以后，蔚平觉得跟她谈恋爱挺麻烦的。她比蔚平大一岁，性格有点公主病，想事情不成熟，处事太依赖人，又是公认的班花，有很多帅气的男生追她，她虽然都主动拒绝了，但蔚平心里还是有点在意。

他们两个人在一起谈恋爱尽量不显摆，保持距离，不会在公开场合牵手，尤其是在校园里。中间两个人还一起偷偷去佛罗里达州旅行，旅途中虽有一些不愉快，但蔚平也是能接受的。

至于分手的导火线，是她本来答应去参加蔚平妹妹的毕业典礼，却突然说有考试，参加不了。蔚平知道她的性格，一直都是考试前一天才复习。蔚平心想一个毕业典礼最多耽误你四个小时，你完全可以参加完再去复习，这不来的理由实在太牵强。

"她真的仅仅是因为考试吗？"我问。

"具体的原因我也不想知道。说实话，我们在一起是很莫名其妙的，感觉这次恋爱是被她逼的。我当时没有女朋友，单身久了，觉得两个人可以试一下。后来我自己想了想，其实我并没有那么喜欢她。加上这个导火线，真的没有办法在一起了，所以我提出了分手。"

就这样，生气的蔚平在电话里提出了分手。

在学校，蔚平尽量避开她。她找蔚平找了一个月，找不到就疯狂地打电话，蔚平就将她拉黑，想让她明白，他们已经不可能了。因为是同班同学，难免要一起上课，蔚平只能躲得远远的，但她会一直缠着蔚平，这让蔚平很痛苦。为躲她，蔚平甚至故意不去上课。分手一个月后，她有了新的男朋友，蔚平却不知为何迟迟走不出那段感情。

从此，"同班同学"这个词成了蔚平心里的一根刺。

蔚平发誓，以后再找女朋友，坚决不找同班同学。

这几个故事很简单，读起来甚至会觉得无聊。这种故事的脚本每天都在你我的身边演绎着。听完故事的我们可能会咬一咬嘴唇表示一下惋惜，可能会深吸一口气点点头表示一下关心，可能会在心里给一个温暖的拥抱表示一下同情。除此之外，我们还能给什么？

何况，我们都有刺。

那，你的那根刺又是什么？

嘿，兄弟，酒斟满了。

坐下来，我们聊一聊吧。

爱情，戛然而止 *2*

对不起，我是爱无能

《阴天》 莫文蔚

/ 有多少人，明明分手了，却还爱着；

/ 有多少人，明明还爱着，却说放下了；

/ 有多少人，明明难过，却还微笑着说我很好。

/ 道理我都懂，不要在深夜的时候想难过的事情，

/ 因为这样只不过是问题叠加着问题，所有的问题都得不到解决和推进。

/ 也不要在伤心难过的时候买醉，因为这样也只不过是徒增痛苦，

/ 醒来会更痛……

乍听到"爱无能"这个词的时候,感觉很陌生,就像在古城游玩突然发现一个新奇的古董,你未曾见过它,可它已很有历史。

第一次听到这个词,是我受邀做客女作家周梵老师新书分享会的直播,客串主持人。多年未做主持人的我,在镜头面前还是驾轻就熟,一副从未离开过的样子,凭借优质的嗓音和有逻辑的提问,粉丝在线人数蹭蹭地往上长。

前一晚才得知要讨论"爱无能"这个话题,我的第一反应就是咨询圈内的几个好友,想看看他们是不是和我一样对这个词一无所知。

结果令我大吃一惊,从省台主持人到市台主播,两个才华横溢的单身高富帅给了我同样的答案:"我就是啊!"说得那么坦荡,感觉这是可以炫耀的资本。

我问:"为什么?"市台的主播说:"就是无法再爱,没有小鹿乱撞,只有合不合适,感觉已经没有心动的那个人了。""你又帅又有才,怎么会?""我也只是一个普通人,只是社会赋予了我不一样的属性。""这和社会有什么关系吗?"他要上电视直播就没有回复我。

紧接着我又问了一个资深女编辑,一个九岁孩子的妈,她给我的答案是:"累!多一事不如少一事。这个累说的是那种有故事的人,已经在爱这件事上精疲力竭,不想去动情。如果因为硬件的缺少,说我给不了你爱什么的,那是结婚无能,买房无能,不是爱无能。爱无能一定是心理因素,而不是条件因素。爱无能是我真的不想使劲了,伤不起了。"

一个大连精致单身男给我的答案:"情商太低不能爱,情商太高不想爱。"

上面的见解已让我的脑容量不够用,所以不予评价,我自己还是没搞懂这个词到底啥意思。

接下来问的这个人我和他只有一面之缘，已记不清他的模样，只记得他高高的，我们是在录制 CCTV-3《国庆七天乐》时认识的，也不知道怎么就想到他了，直接微信问他怎么理解"爱无能"。

"嘿！你怎么理解'爱无能'这个词？"
"被一个人伤过了，不想爱了，不会爱了。或者就是爱一点用都没有。"
我们聊天的感觉很熟络，似老友。

"你遇到过这种人吗？"
"我前任啊。大家都感觉她对我好，其实只有个别人知道我对她才是特别好。在一起也没什么波折，一年没吵过架。微信聊天也不是很认真，不像一些情侣天天老公啊、老婆啊什么的，一点都不腻歪。但总体来说挺好的。"

"那，因为什么分手？"
"分手的原因很简单，她说不想把青春浪费和赌在我身上。她分手特别果断，分得毫无挽留的余地。她长得漂亮，想找个能帮她的。这里我得提一句她家庭条件特别不好。"

他叫泽宇，"北漂"一族，和前任是同事。

公司聚会，两人都喝了不少酒，一番觥筹交错之后，他们结识了几个同道中人，喝得越来越尽兴，于是一群人又商量着去了酒吧。

这是泽宇人生中第一次去酒吧，劲爆的音乐让他有点受不了，只能坐在那儿一杯接一杯地喝。有些人几杯酒下肚，就增加了几分狂意，说话吹牛放大自己的本事和未来，觉得自己的能量能够辐射整个大华北，而泽宇全程都不说话，只喝酒。

从酒吧出来的时候，已经凌晨一点多了。他还有点意识，就是走路眼睛有点花，而他喜欢的女孩已经醉得开始说胡话了，非要骑停在酒吧门口的自行车，拖着上锁的自行车就要走。泽宇上去抢过了自行车，一把将她拽到了自己的怀里。

"乖，听话，别闹。""泽宇，你是不是喜欢我？"话刚说完她就吐了，泽宇便让其他人先走，说他来照顾她。泽宇蹲在那儿，温柔地说："是不是很不舒服？谁让你喝那么多，下次少喝点。不能喝就不要逞强，又没有人逼你喝。你这样让人看了多心疼。"

"你是不是很心疼？你放开我，我早就看出来了！你是不是喜欢我？每天早上，我桌子上的热水是不是你倒的？是不是？喜欢我，你就说啊！我有那么可怕吗？"泽宇的脸更加滚烫了，没说一句话，抱着她在她的额头上亲了一下。

那天晚上，两个人都没有回自己的家。
第二天醒来的时候，她发现手上多了一枚戒指，一枚胡桃木做的木戒指。很便宜，但很珍贵。

两个人在一起之后，就搬到了北京昌平区，一起租的房子附近吃饭的地方比较少，只能在家里做饭。泽宇就从买菜、做饭、洗碗到扫地全部负责，男朋友、保镖、保姆一人全当。
女孩因为体质原因，每天半夜总会特别口渴，泽宇就用手机定好闹钟调成振动模式放在枕头下面，半夜三点起来给她倒水，喊她起来喝水。日复一日，坚持了一年。
在泽宇眼里，他女朋友特别乖，说什么她都会听。用一只动物形容，那就是小兔子。她也是一个特别聪明的女孩子，知道怎么做你会开心，也知道你最喜欢她怎么做。这样的生活过得简单又幸福。

后来，女孩想换工作，一方面是嫌工资太少，另一方面是因为她的直属上司人品有问题，她给泽宇看了她和直属上司半夜十点的聊天记录。

"我饿了。"直属上司发道。"饿了就去吃东西啊！"她很单纯地回复。"不，我想吃你！！！"连续三个感叹号。她傻傻地说："我浑身都是骨头，不好吃。"

"不要啦，人家就吃你！"泽宇看完鸡皮疙瘩掉了一地，一个四十多岁的已婚男撒娇真恶心。

泽宇看完聊天记录后，默不作声地找朋友帮她介绍了一份工作，月薪一万多，春节后上班。

过年俩人各自回家，有天突然谈起来春节后到北京怎么规划。她说要自己一个人租房子，每天要早点睡，要怎么生活，怎么开销。说的所有的计划里都只有她自己，没有他们。

泽宇这个人对感情特别敏感，能听出来什么意思。
她的世界里已经没有了他，他只是她世界外的一个看客和倾听者。不知何时，他已被踢出局。

春节回家，她跟父母提了泽宇，她父母了解了泽宇的基本情况后给的意见是，姑娘长得好看，应该找一个有车有房，经济条件好一点的，哪怕年纪大一点，一个人在外面总不能苦了自己。谁不想往好了奔，女孩子的青春就那么几年，穷小子能有啥奔头。

一开始她还抵触、反抗和辩驳，认为爱情不应该被物质绑架，她想要的爱情是明月下，双手牵，相顾无言，已成终。到后来所有的亲戚都说她天真、幼稚，她就慢慢被说服了。

春节十天的时间，就葬送了一段感情，抵过了那一年每天凌晨三点的一杯水……

她说不想把最美好的青春堵在泽宇的身上，万一她赌输了怎么办，所以只能对不起泽宇了。泽宇曾试图挽留，挽留得很心酸。一个穷小子能给她什么？只有一腔的真诚。

"你向她说过你的想法吗？"
"嗯。我说：'我知道我们在一起不太容易，我会尽我最大的努力给你幸福。在北京买不起房子，我们在河北买，河北便宜。到时候房子涨价了，我们卖掉，再一步步来，日子还不是这么过的。我想办法努力，你也不要对我灰心。'"

最后，泽宇说话就没有底线了，男人的尊严也撒地上了："你要是找不到其他的，你再来找我吧！"而女生的态度很坚决："不可能了！"

她知道泽宇对她好，但是就算有一天她真后悔了也不会再回来找泽宇。

她不要走回头路，让泽宇也别过多纠缠，不要谈了一年最后分手时对泽宇是讨厌的。

泽宇一看电话和短信根本解决不了问题，分手还是见面说比较好，就连夜抢前往北京的票。第一晚熬了个通宵没抢到，第二天半夜终于抢到了。

泽宇早上四点多收拾行李，发着39度的高烧去了火车站。到了北京，她来北京南站接泽宇，两个人一起吃饭，面对面流着眼泪，吃了一个多小时的饭，流了一个多小时的眼泪。

吃完饭泽宇把行李放进公司宿舍，就去帮她找房子。天天跑，跑了一个礼拜，才找到她满意的。泽宇借朋友的车帮她搬家，顺便把自己的行李也搬过去了。

她知道泽宇没地方去，就答应让他住几天，泽宇想着在一起住着说不定就和好了。那几天，泽宇生活得很小心翼翼，比以往更加关心她，也更殷勤。走路都不敢出声，更别说说话了，生怕哪句话说错了惹她生气。

后来她的朋友要住进去，她二话没说直接把泽宇扫地出门了。

泽宇一声不吭地收拾好行李，拖着箱子在大马路上溜达了一个多小时。那时北京的春天还没来，他的心比外面的天气还要冷。那种流浪的滋味……欲说还休……

手机通讯录里的电话打了一个又一个，泽宇终于联系到一个干中介的朋友，他那有房子，泽宇就在他那住了一段时间。

泽宇回忆说："当时她很绝情的，说话也绝，做事也绝，分手后一个月，我都不敢相信这是跟我在一起很久的女人。我每天晚上眼泪哗哗的，哭和买醉是失恋人的常态，我也逃脱不掉。我甚至一度想轻生，现在想想好丢人！"

后来，通过她朋友的朋友圈，泽宇发现她分手后到处去酒吧玩，还有和当初单位那个骚扰他的男人的合影。虽然是集体照，但泽宇看了心里还是被揪得贼啦疼。那一瞬间泽宇想明白了，他真的给不了她想要的，她要的是自由和金钱，而他一样都给不了。

"爱一个人不是自己的错，忘不了一个人也不是自己无能。竟然说到这里了，这是不是就是爱无能？"他问我。

"也许是吧。那你对爱情有新的认识了吗？"

"我短时间内不会谈恋爱了，我要克制自己。"

"万一再次遇到你特别爱的人呢？"

"我想我不会因为她而去买醉伤害自己的身体，'身体发肤，受之父母'，我能做的也就是不能不孝，再难过再痛，我想我都顶得住。我一定不要没有尊严地哀求，我要帅一些，转身就走。"

因为这件事，泽宇曾有段时间特别厌恶她，感觉她太物质了。后来泽宇发现他慢慢开始理解她了。她也没办法，她只是想让家里人过得好一点。家庭给她施压太大了。

前两天，陪伴泽宇的狗丢了，那是他们一起养的。当时他们上班的地方有个人捡了一只流浪狗，本来说要送给他们的，她特别高兴，就去买了狗笼子，结果那只狗最后被送给别人了。

泽宇见她很失落，就自己掏钱去买了一只金毛，她特别开心。狗的名字叫雪糕，也是因为她爱吃雪糕。

狗丢了，泽宇在朋友圈发寻狗的消息，她也在朋友圈转发了。这是他们最后的一点因果了。狗丢了，从此两个人就真的是陌生人了，你走你的路，我走我的路。

"现在自己一个人过得好吗？"

"我平常性格可能比较孤僻一点，以前是狗跟我做伴，现在一个人，也挺好的。现在想得更多的是怎么让自己过得更好。在感情方面，自己要先学会爱自己。你不爱自己，怎么能去爱别人？当时分手后，我在微博写了一些文字，仅自己可见，可以发给你看一下。爱无能，我已经不敢爱了。聊了这么多，我又苦恼了。快睡吧，我也得睡了，明天去医院，发烧三天了。"

"好的，晚安！"

泽宇的博文：

有多少人，明明分手了，却还爱着；有多少人，明明还爱着，却说放下了；有多少人，明明难过，却还微笑着说我很好。

分手两个月了，我尽自己最大的努力去接受，去忘记……可我还是做不到，我还是关注着你的所有动态，朋友圈、微博、QQ……总想点个赞又怕暴露了自己，想评论一下又怕你不回显得尴尬……

慢慢地，时间长了，也就习惯了孤独，但无论我如何强大，你依旧是我的弱点，我的内心很难放下另一个人了……

你曾说过，你以后可能再也遇不到比我对你更好的男人了，你也曾说过我像你的爸爸，我很开心，因为我觉得你有在依赖我，虽然可能是错觉，是自欺欺人……

道理我都懂，不要在深夜的时候想难过的事情，因为这样只不过是问题叠加着问题，所有的问题都得不到解决和推进。也不要在伤心难过的时候买醉，因为这样也只不过是徒增痛苦，醒来会更痛……

与你分手我做不到心甘情愿。我是个内心卑微又勇敢的人，认定的人和事，我会尽我最大的努力去守护……

风已经消失了，天也很快就要亮了。从去年4月到现在，从夏天到夏天，不管是北风还是南风，风吹了好久，吹散了好多人……

此生我只愿你既是能披荆斩棘的女英雄，也是能被人疼爱的小朋友。

散了吧，电影散场了

《你就不要想起我》　田馥甄

/ 后来有一次，已然不记得他们因为什么拌嘴了，
　　　/ 熙儿说她生气了，装作不理他。
　/ 他上体育课，熙儿上英语课，英语老师还是副校长。
　　　　/ 他就在教室窗户玻璃后面，举着一张卷子，
　/ 卷子反面用黑色的记号笔写着："我错了，别生气，生气对身体不好。"

我从来没有想过会写这个人的故事，因为我和她太熟了，完全是看着她长大的。小时候我还给她扎过麻花辫，把她打扮得漂漂亮亮的带她出去玩。在我的印象里，她不爱学习、贪玩，比小男孩都贪玩、都野，整天和她的那帮小姐妹们腻歪在一起。

　　我比她大七岁，从小到大从未关注过她的个人恋爱问题。不记得是在初中还是高中，我有一次无聊就骗她说玩一会儿她手机，趁机偷看了她和一个男生的聊天记录。看完之后我勃然大怒，训斥了她一番，从此她再也不给我看她的手机了。

　　我知道她在谈恋爱，还是早恋。她的性格很倔，跟她讲道理是完全行不通的。你说一句她有十句反驳你，没办法，只能动用武力解决问题了。可是武力治标不治本，根本拴不住她这个犟丫头，所以我就再也不管了，随她去。

　　每次放假回家，我都能从我妈那得知她的一些小道消息。"你妮子在学校谈恋爱啦！那个男生还是学校老师的孩子，学习成绩全校名列前茅，也不知道看上你妮子啥了！"我亲妈这话说得真实在。

　　她是标准的山东大姐，长得很壮，再加上一副大大的框架眼镜，出门我都嫌弃她。我长得不像个纯正的山东大老爷们，属于山东男人中的M码，但她成年后绝对是女人中的XL码，打架我绝对不是她的对手。她的魄力和胆量远在我之上。我对她还是很肯定的，认定她将来会比我厉害。

　　现在每次见面，她都会让我喊她姐，我每次都称呼她"未来的小富婆"，说以后哥发家致富就靠你了，你要罩着我。她大学学的是计算机，敲代码的，这种技能打死我都学不会。

　　说来也巧，她也喜欢码字，和我一样。文笔和我当年比，并不逊色，应该是受了我的熏陶。我从初中到高中，作文都是班级里的范文，是要复印出来在整个年级学习的。

一晚睡觉前，我翻阅朋友圈看到她写的一篇短文，这篇短文讲的是她的恋爱故事。

那时，我才意识到，她长大了。她的爱情从高中延续到大学，从大学延续到工作。

她，原来也是一个很好的讲述人。

她叫熙儿，是我的妹妹，同父同母的妹妹。

熙儿和他是在高二认识的，那时候熙儿的班主任开办了补习班，作为班主任看好的学生之一，他也参加了补习班。

那时候他坐在第一排，熙儿的前面。已经记不清彼此说的第一句话是什么了。

只记得他偷偷地扭过头，在熙儿脚面上不停地画啊、画啊……画完对熙儿傻笑，熙儿一看画了一只猪，竟也笑了。但鉴于女生的矜持，熙儿还是装作很生气地让他把她的脚弄干净。

从那时开始，很多人都以为他们两个有了故事，他们也就从那时开始真的有了故事。

再后来就是熙儿的宿舍长买了新手机，熙儿正帮她拍照，手机却被另一个男同学拿走了。熙儿上前去抢，不料他从后面抱住她，让那男生狂拍一番后才把手机还她。熙儿埋怨他不帮她，他只是傻兮兮地笑。

后来，他给熙儿传纸条，问熙儿QQ号是多少，两人从此开启了每天的热聊。熙儿给他起了一个外号"大白牙"，他每天喊熙儿"拼熊"（傻瓜）。

他上课不带地理课本，过来和熙儿坐一块，给熙儿找什么暖流、大洋。说真的，熙儿好崇拜他。熙儿不知道自己从什么时候喜欢上他的，高三开学时熙儿仍习惯性地给他发短信，打电话。

有人说，"少女情怀总是诗"，那时候熙儿还算文艺，每天写些东西发表到学校的广播站，他总说熙儿心里其实很忧伤，然后安慰她。

那时候的他在熙儿心里差不多也是这个形象，所以熙儿想要陪伴在他身边，想要时时看到他开怀大笑的样子。两个内心忧伤的人在一起会不会更忧伤？还是说会互相抵消？

你曾透过教学楼的窗户，看过自己喜欢的人吗？你悄悄地看过自己喜欢的人的背影吗？

熙儿每天买来早饭在教室吃，吃完之后就趴在窗前，看着他在操场上的身影。好巧不巧，每天都能看到他。

看他上楼熙儿才装作忙活自己的事情，因为他会以最快的速度爬上楼，然后来敲她们班的窗户。他有时会给熙儿带来吃的，有时会带来一些稀罕玩意儿，即使再没别的事情，他也会来找熙儿说几句话。

熙儿有一次说想吃小馒头，就像所有热恋中的人一样，对方说一句话他就牢牢记住。他给熙儿买来小馒头之后，熙儿把她自己的杯子空出来，装满小馒头，给他送去一些。等他还熙儿杯子的时候，熙儿发现那是一个跟她同类型的杯子。他自诩把杯子给改造了，后来熙儿才知道，原来是他好朋友的杯子，被他抢了去，说要跟她用情侣杯。

快放寒假了，他提前几天回家，熙儿送他到操场，看着他走出校门。他一个劲儿地回头看，熙儿哭得不像样子，就像再也见不到他那般放声大哭。

也就是那时候，他发短信给熙儿，问熙儿要不要做他女朋友，好处就是会天天这么照顾熙儿、宠熙儿。

熙儿当作玩笑似的拒绝了。

2013年12月31日23点59分59秒，冒着被老师发现的风险，他们打了好久的电话，一起跨了年。那时候他们以为，从13年一起跨进了14年，就能一生一世。

那时候他们会趴在被窝里边打电话边做试题，即使一句话都不说，只是各自做着试题，也感觉很满足。睡前道声晚安，第二天醒来，熙儿就会看到他又发了好多的消息。那时候，熙儿幸福得真像个三百斤的孩子。

后来有一次，已然不记得他们因为什么拌嘴了，熙儿说她生气了，装作不理他。他上体育课，熙儿上英语课，英语老师还是副校长。他就在教室窗户玻璃后面，举着一张卷子，卷子反面用黑色的记号笔写着："我错了，别生气，生气对身体不好。"

被老师发现后他急忙走开。熙儿已经不记得他对班主任说了什么，只记得他把那张卷子扔到楼下去了。第二节课下课要跑操，闹铃一响熙儿就急忙跑下去，找到了那张卷子，看到字的瞬间，真的泪奔了。那时候的感情估计就是这么纯真吧，没有多少钱，每天都可以咧嘴大笑。

熙儿生理期时，他还会给熙儿洗衣服、刷鞋，负责给熙儿买饭。你们能想象吗？男孩子在女生宿舍某棵树的下面，躲躲藏藏，还时不时朝女生宿舍门口望去——他给熙儿送饭，熙儿给他要洗的衣服……那时候他还自告奋勇说要给熙儿买红糖、暖宝宝。

他也真的做到了，在之后的很长一段时间里，他都会把暖宝宝、红糖准备好。他会时时给熙儿备着热水，课间十分钟的休息时间，他能把一瓶热水放到熙儿的座位上。

那时候，熙儿她们班的男生经常在她面前提到他。熙儿印象特别深刻的是，一个平时特别不正经的男生一本正经地跟她说："熙儿啊，他真的是一个特别好的人，你一定要好好珍惜他，你们一定要好好在一起，我很看好你们。"

后来学习紧了，他会早上五点半在宿舍楼下等熙儿，跟熙儿说句话再去上早自习。高考前的日子总是这样，短暂又充实。

真的，如你们所愿，他们高中毕业后，选择了同一所学校，同一个专业，而且也是每天在一起。真的挺令人羡慕的，对吗？

刚去大学的时候，别人都以为他们俩是兄妹，因为太像了。当他们说是情侣的时候，所有人都一致地说："真有夫妻相！"

那时候好像把所有的真心都付出了。他玩游戏的时候，熙儿会和他一起玩游戏，等到自己不会玩的时候，就坐在一旁静静地看着他玩。

那时候，他们眉目间全是对喜欢的人浓浓的深情；那时候，他们也真的以为一生一世就是这么容易做到的。一切来得是那么的顺心顺意，一切发展得也是那么的无懈可击。

等后来毕业他们又留在了同一家公司，那时候还在想会有更多的共同语言。

他们一起租了房。开始的时候，会回到家做做饭，他洗菜、洗碗，熙儿炒菜，两个人配合得很好，一切都美好得不那么真实，而且一切如往常一样，看起来毫无破绽。

一晚，熙儿看到有人给他发信息，一边把手机拿给他，一边问这么晚了，怎么还有运营来找。等看到信息，熙儿愣住了，手机在她手里拿了好久。熙儿的眼睛就那么直勾勾地盯着聊天记录。

熙儿不吵也不闹，连夜搬了出去。那时，熙儿还为他找借口，相信他的人品，相信他不会做出什么出格的事情。但后来，两人就真的分开了。

不知是因为同类型工作导致的生活冲突还是在一起久了审美疲劳，就算彼此都知道感情出了问题，也没有很好地沟通。有时下班回到家，两人都不说话，只在睡觉前说句睡觉吧，就各自睡觉，第二天还是如往常一样，按部就班地去上班。

分手前的很长时间，他们没有吵过架，也没有因为某个人、某件事红过脸。等他们意识到某些问题的时候，说分开就分开了，这么多年的感情，说放弃就放弃了。

这是熙儿的性格，不会在喜欢的人面前丢面儿，不会让人觉得她很在乎他，即使错不在她。她会潇洒地转身，就像刚看完一场电影，散场一样离开。

只是这场电影看了足足六年，没想到最后换了女主角。熙儿独自离开电影院回家，一个人蹲在路边，号啕大哭！

感情里最纯真的、最值得回忆的那部分，应该就是纯情时期的那种心动了吧。他带着麦芽糖的香味，能让人小鹿乱撞，脸红心跳地开始自己的十八岁。

现在的熙儿，最终找回了理智，也度过了那段最难熬的时光。准确地说，每一段恋爱都是一场修行，经历了凄风苦雨的熙儿终于明白：你不是我生命中唯一的神明。

后来啊，有人会送你三十块一枝的玫瑰花，三百块一支的口红，三千块一件的大衣，三万块一个的包，但是你的爱情啊，是从三块钱一杯的奶茶开始的。

后来，熙儿和他见面，会说起他们那时候的感情。他说那时候小，不懂事，总想折腾折腾，或许等长大了，最终还是会将就吧。

熙儿本以为，她在讲述这件事情的时候，会难过到大哭，其实也只不过是多次哽咽，眼眶红了，流了几滴泪而已。

听故事的时候，我们总喜欢眼巴巴地问："后来呢？"
当自己成为讲故事的人，才发现，后来几度泪凝于睫。
是真的，真的说不下去了。

说散就散，各自安好

《说散就散》 袁娅维

/ 她打来电话，说："现在的男朋友怎么样我不想跟你比较，这样对他不尊重。

/ 但是你在我心里却是谁也替代不了的。

/ 我跟你说这些只是想告诉你，能不能把我留在微信里，

/ 当成一个老朋友那样，互不打扰却又能感受到对方的存在，静静地看着对方就好。"

她是张言承家人、亲戚见过的他唯一的女朋友。

他们在一起四年，她是张言承目前为止谈得时间最长的一个女朋友。刚认识的时候，她在大连念大学，而他刚从公司辞职，转做物流。工作需要，他常跑开发区，所以干脆就在开发区租了一间公寓。

在开发区附近有一个日式小酒馆，张言承下班没事的时候会和朋友到那里小聚。

小酒馆里有一个圆吧台，会有专职服务员给客人倒酒，陪客人聊天。

那种环境，蛮符合张言承这种有小资情怀、精致、帅气、单身文艺男的品位追求。

以前，每次去的时候，他都是穿着正装，出于解乏、应酬的目的，去那儿喝两杯就回公寓。

这次，他穿着运动鞋，短袖配牛仔裤就独自去了小酒馆，像刚刚毕业的大学生般焕发着朝气。

掀开小酒馆的门帘探进身子，两个人的眼神就这么交汇了。女孩一个尴尬又不失礼的微笑和一声温柔的"欢迎光临"，让他有点手足无措。

来过很多次的张言承，这次感觉到了一个陌生的地方，可能以前来的时候都是晚上，这次是下午。那种感觉很奇妙，又有点不自在。这也是张言承第一次大白天认真地观察这个小酒馆：毛笔字写的菜单，有樱花冻、麒麟啤酒、烧酎、梅子酒等；橱柜里除了厨具，还摆着一些书，有《和食宝典》《素食家常菜一本就够》。他坐在高脚凳上，点了一盅梅子酒。

"今天怎么就你一个人来？"女孩笑着问。

"哦。我那个，正好空着。你，不是晚上才上班的吗？"看来两个人对彼此都是有印象的。

"我们店的营业时间是看心情，我们服务员来不来也看心情，只要有人在就行。"

"好有意思。"张言承在那儿嘀咕着。

"什么好有意思？"

"没什么。我是说这酒好喝……"

两个人对视一笑，就这么你一句我一句地聊了起来。恰当的时间和地点让聊天也恰如其分。聊到后来，他们互相加了微信。张言承知道了她正在读大学，是出来打短工的，工作时间基本固定在每晚的七点到九点半。她知道了张言承曾做过日语翻译，会做咖啡、甜点、比萨，会调鸡尾酒，人送外号"精致男"。

不知道和一个人在一起待着聊天很舒服算不算喜欢？见她前会准备一些很有意思的笑话算不算喜欢？会把自己做的甜点带给她分享算不算喜欢？算吧？不算吧？

张言承自己在那儿做起了选择题，甚至去跟他的好哥们咨询。

其实所有纠结如何做选择的人，自己心里早就有了答案，咨询只是想得到别人对自己内心所倾向的选择的肯定。张言承知道自己心里对她已经有想法了。他纠结的是：她比较小，两个人在一起是不是不合适？跟这么单纯的女学生谈恋爱，算不算占便宜？

就这样，两个人的关系虽已很亲密，但始终有点距离。

这种关系，维持了半年多。

一天晚上，张言承邀请她去唱歌，她说自己一个人有点担心，想带她的闺蜜一起去，张言承就说："好啊，那你闺蜜长什么样？"她马上给张言承发了一张她和闺蜜的合影。

张言承发现她闺蜜比她长得要好看。虽然好看，但不是张言承喜欢的类型。不过，看到这么好看的女孩，他自然而然想到了他的哥们。

张言承在开发区有一个特别要好的哥们，单身，多金，人特别好，为人很谦逊，身上一点飞扬跋扈的气质都没有，就是看到美女的时候迈不动腿。

于是，张言承给他哥们打电话："我约了一个女孩唱歌，她和她闺蜜一起来，你要过来吗？""她闺蜜长什么样子？"他哥们说话的语气很平静。

"你别挂电话，我马上给你发过去。"张言承一边说一边把照片发了过去。

"哇！你等着！我马上过去！等着啊！"看完照片，他哥们特别兴奋，迅速开车过去了。

那晚，他哥们喝多了，她闺蜜送他回了家。
张言承万万没想到，他的一个电话就这么成就了一段姻缘。
他的哥们和她的闺蜜一拍即合，迅速确定了恋爱关系。

眼瞅着兄弟的恋爱谈得是热火朝天、如胶似漆，张言承却还在犹豫，犹豫着要不要表白。几次想开口都被自己给噎回去了。他们四个人还是经常一起聚餐，那"狗粮"撒得满地都是。

他们两个的关系就这么不冷不热。

因工作原因，张言承被派往上海出差，每天要忙到三更半夜。一晚，刚回到房间的张言承突然接到她的电话，说她在他家门口，让他给她开门。她跟他解释说，在酒吧有一个喝醉酒的男人想要占她便宜，她甩了那个男人一巴掌，反正闹得很不愉快，下班之后她突然很想吃他做的东西，就来找他了，很可惜当时张言承在上海出差。

回到大连之后，张言承对她的感觉发生了微妙的变化。他觉得一个女孩子在她最需要帮助的时候，一定会找她最信任并且觉得值得依靠的人。她已经选择了他，他也应该大胆做出自己的选择……

两个人没有谁追谁，也没有谁对谁说"我喜欢你"，就这么在一起了。

张言承说："我们两个之间没有过多的浪漫，却又在平凡的生活中重复着浪漫。她是个不折不扣的吃货。每天早晨我都会早早地起床给她做早餐。她最爱吃我煮的皮蛋瘦肉粥。"

就这样，每天她上课他上班，下班之前她会发信息告诉他当天晚上想吃的晚餐，他就会在下班之前找好菜谱。到了晚上五点半，他们会准时出现在小区门口的菜市场。

每周末他们都要出去吃顿好的，看一场电影。每个季度都要出去旅行一次。他还经常买花回来给她，偶尔也会在家里做一顿丰盛的烛光晚餐。

他们两个有一个共同的爱好就是看美剧。她超级喜欢看《破产姐妹》，连追了很多季，最喜欢的一句台词是："This is who I am. Nobody says you have to like it."（我就是我，没人非要你喜欢我。）每次看之前，她都要单手拎着她的那双粉色高跟鞋在张言承面前走一圈，然后定住凹个造型，妩媚地说："This is who I am. Nobody says you have to like it."像是一个开机仪式，每次的造型都不一样，每次都惹得张言承捧腹大笑，大骂："神经病啊你！"

他们两个在一起一年。

四个人约好一起结婚。

毕业了。她回了扬州。他们没能走到一起。

他兄弟和她闺蜜结婚了，张言承去当了伴郎。

张言承和她分开后的第二年，开了一家咖啡店，咖啡店的生意不错，回头客很多。

这时，通过朋友介绍，他认识了一个女孩，是一名英语老师，性格比较好，两人谈得来，也能玩到一起，他有一点动心了，觉得应该静下心来想一想自己的事情了。

想要一个新的开始，就要一个彻底的告别，于是他买票一个人去了扬州。

心里的放不下，源于曾经在一起的日子太美好，好得太不真实。

张言承去的时候并没有告诉她，到了之后才给她打电话："我在你家楼下。"

她有点蒙了，那种感动绝不亚于一个人从生死边缘被救了回来。

"我过来就想着给你做一个礼拜的饭，一个礼拜之后我就走。"他说。

于是，她去上班，等她快下班的时候他就去买菜，给她做饭，让她到家就能吃到热乎的饭菜。

一个礼拜马上就要到了。

张言承清楚地记得最后一顿饭，他做了干烧鲳鱼。他们两个在饭桌上谁也不说话，闷头吃饭。她知道张言承不喜欢吃鱼，就把那两条鱼全部吃完了。

"我吃完了。"她小声地说，轻轻地将筷子一放，站起来，走到张言承身旁，趴在他身上开始哇哇大哭。张言承也忍不住了，两个人在那里抱头痛哭，哭得是一塌糊涂。那一刻张言承感觉他们不可能在一起了，这是他为她做的最后一顿晚餐。

> 爱情从餐桌开始，也在餐桌上消逝。第一次约会，总是离不开餐桌。也许是两个人一起吃的一顿晚饭，也许是一杯咖啡，也许是喧闹酒吧里的一杯鸡尾酒……要是可以，我要一直跟你吃到永远，看着我们彼此在餐桌上渐渐凋零，眼睛老了……胃口小了……牙齿终于也掉光光了。（张小娴《爱情的餐桌》）

临走前，她说："你给我一段时间，我去说服我的父母。"
张言承说："不要勉强。"

一个多月后，她打电话说："你来一趟吧。"
他说："我去可以，但是我们两个要做一个约定。这次去算是上门提亲了，我会尽到我所有的礼节，把我想说的全部说完。我的条件也不差，到时候也希望你能坚定一点。"

她回答："好。"

当张言承妈妈知道他要去扬州提亲的时候，很支持他，跟他说："加油！老儿子！"并且叮嘱他要打听好当地的习俗，准备好见面礼。

这次张言承做了充分的准备，带着家人的嘱托，还有一堆礼物，到扬州宝应上门提亲。
一路上，他幻想了无数个场景。她的家人对他是热情还是冷淡？又如何应对她固执老爸的刁难？他相信，只要他们两个一条心，一定可以动摇她老爸的。

下午五点到她家。刚进家门，她妈妈很热情，而她爸爸的态度很一般。晚上吃饭，大家围坐在一张桌子上，各自说各自的话。

张言承坐在那里，穿着西服系着领带显得是那么的格格不入，不被关注。叫不上名字的七大姑八大姨偶尔会装作不经意地瞅他几眼，然后又埋头吃饭。

直到入座他才搞明白，原来当天是她爷爷的生日，他只不过是路过扬州蹭饭的小子。在大家纷纷献上对老爷子的祝福之后，张言承发现没有任何人介绍他，更不要提"男朋友"这个词了。

张言承索性自己举起酒杯向大家做了一个简单的自我介绍。那场面很尴尬，没有喝彩声和掌声，寥寥几声显得突兀的附和之后，张言承一饮而尽，却发现早已没人关注他。

她就一直坐在她爸爸的旁边，低着头吃饭，不说话，更别说给他夹菜了。张言承曾几次尝试着用眼神跟她交流，她却始终在逃避。

整顿饭，张言承吃得好压抑，筷子拿在手里是那么的不自然。别人在那儿有说有笑地吃着，而他就像一股空气。

吃完饭，她爸支开了其他人，把他们两个叫到一个房间，很明确地告诉张言承他不支持他们在一起，不希望自己的女儿去大连，也不希望她找一个做生意的男朋友，因为不稳定。

对于她父亲的拒绝，张言承没有太多的意外。他不停地跟她父亲解释和保证，他一定会给她幸福，倒是她显得很冷漠，全程没有一句解释。

没有了她的坚持，张言承感觉再多的说辞都显得那么苍白……

你以为她是你前半生的句号，后半生的冒号，殊不知她连一个陪在你身边的逗号都做不了。她只是你酒后的一根烟，犯着迷糊的时候抽完了，也就完了。

本来他们两个人定好一起从宝应回扬州，在扬州待一天再回大连，可回到宾馆后的张言承觉得这一切就像是一场闹剧和欺骗。

他改签了机票，第二天一早坐第一班车匆匆离开了宝应，临走的时候给她留言："我尽力了，如果你还坚持，我在庄河等你。"

张言承灰心丧气地回来之后，妈妈安慰他："老儿子，尽力就好啦。没给自己留遗憾，以后也该踏踏实实开始新的生活。"于是，他就想和英语老师好好相处，好好聊天，好好约会。

日子像是进入了正常的轨道。
圣诞节的那个晚上，咖啡店搞活动，满屋子都是人，热闹得很。

那晚，张言承特地邀请了英语老师过来和大家一起玩。她说她会晚一点到，因为听说张言承要买车，一直想送一个礼物给他，正好趁圣诞节去取礼物。
在这之前，张言承没有在英语老师面前提过任何关于他前女友的事情，但英语老师不知道从哪里了解了他和他前女友的事情，甚至知道他前女友长什么样子。

这还不算可怕的，张言承打死都没有想到，那晚的圣诞活动马上就要结束的时候，他前女友拎着一个皮箱子出现在他面前。满屋子的人，张言承想都没想就冲过去紧紧地把她抱住了。

当时他心里既高兴又害怕，心想着万一英语老师突然出现了怎么办。

活动结束之后，张言承给英语老师发短信说："不好意思，今晚临时有点事情，不能陪你了。"

英语老师回复说："我走到楼下的时候，看到你前女友拎着箱子上去了，我在楼下待了好久好久，一直没走，直到收到你的消息。礼物，我就放在楼下了。"

张言承知道自己的这个选择，让英语老师很难过，尤其是收到他的短信之后。

但是那一刻，他完全控制不住自己。他怕他不抱住，她就要消失了。

事情就是这么悄然地发生了，令人不可思议又不知所措。

前女友在张言承这里住了不到一周，临走前对张言承说："你再给我一个月的时间，过年的时候我再说一说。"张言承知道她是耳根子特别软的那种人，对父母的话言听计从，所以没有抱太大希望。

送她去机场，她记错了时间，还晚点了，张言承给她退票改签。
在机场，她抱着张言承不想走。
他们两个都预见到，这是他们最后一次见面。

两年之后，她把机票退票的票根发给张言承，说："整整两年，做个纪念。"
中间他们曾无数次尝试做一个了断，可都没有成功。

她说她忘不掉张言承煮的咖啡的味道。她最后一次主动打电话给张言承，装作很不经意，像个老朋友一样跟他说："喂，是我。你那个皮蛋瘦肉粥是怎么做来着？"

时间和距离让两个人越来越远。

回忆中的面庞越来越模糊，直至消失在现实的迷雾中。

但张言承始终记得那句话："跟你分手以后，我觉得自己像是一个离了婚的女人。"

去年，张言承通过她的闺蜜，知道她处了一个男朋友。

张言承觉得自己不应该再打扰她了，就把她的微信给删除了。

她打来电话，说："现在的男朋友怎么样我不想跟你比较，这样对他不尊重。但是你在我心里却是谁也替代不了的。我跟你说这些只是想告诉你，能不能把我留在微信里，当成一个老朋友那样，互不打扰却又能感受到对方的存在，静静地看着对方就好。"

张言承没有办法，说了一句"再见"，就把她删掉了。

之后，就再也没有联系了。

采访完，张言承说："不知道为什么会有这么巧的事，就像电视剧里才会有的场景在现实中发生了。如果哪一天，她突然跑到大连来找我，我还是会接受她。我们都会遇到那么一段义无反顾、飞蛾扑火般的爱情，如果时光倒流，再给我一次选择的机会，我的回答依然是她。"

也许，他并不是不喜欢你

《幸福了 然后呢？》 *A-Lin*

/ 我们在一起的第一个情人节，我陪他去上班，晚上一起走路回家。

/ 到了家之后，他跟我说："你先去洗澡，我出去一趟。"

/ 然后跑出去了，过了很长时间，

/ 拿了一大束花回来，各种各样的，我很开心。

/ 他说："我买不起花，这是我和你在一起过的第一个情人节，

/ 我就去路边捡了这个花给你。"

/ 我蛮感动。

她是大连市的高考文科状元，以 660 分的优异成绩考入中国人民大学行政管理专业。

她大二获得首都高校原创歌手大赛第二名，发行过单曲，曾与水木年华同台演出。

她大三出版了属于自己的书《最后的童话》，对去世的爷爷有了一个交代。

她叫泡泡，1982 年 10 月 31 日出生在辽宁省大连市的一个小渔村。

她交往过的男朋友很多，但一直未找到能与她肩并肩走下去的那个人。

她现在一个人租了一个两室一厅的房子，当起了专职作家，写的小说还被翻拍成网剧。

她平时喜欢上午和晚上八点之后写小说，所以我约了下午的采访。

这是我第一次以作家的身份采访一个作家，总想着如何才能走进她心里。

那是一个很冷的下午，出了地铁站还要走二十分钟才能到她家。

我问她："为什么租一个这么远的地方？"她回答："因为安静。"

我去过她之前的住所，在一个小区的十八楼，房间很大，摆满了书、绿植，还有快递。

这次进入她的新领地，我并不惊讶，卧室的书柜和地上、床头柜上摆满了书。一半是没看过的。

"为什么两个卧室都感觉有人在住？"我问她。"因为不想让另一间卧室感到孤独。"她答。

"你害怕孤独吗？""我怕。每次晚上透过玻璃窗看到外面的世界被逐个点亮，孤独感就会袭来。"

所以，在她的卧室、厨房、卫生间的门框上，甚至冰箱上面都挂着各式各样的风铃。稍有风吹草动，就能听到风铃的声音，她也就显得不那么孤独。我没有问她为什么这么喜欢风铃，只知道每个风铃背后都有一段故事。

她给我倒了一杯水，我喝了一口，是凉的，就再也没端起过那个杯子。两个人就坐在沙发上开始闲聊。她盘着腿一边玩手机，一边跟我聊。聊到中间，我也直接脱鞋在沙发上盘着腿。聊了大概不到三个小时，她说聊累了，不想聊了。

我觉得她也没什么兴致了，就从包里拿出提前为她准备好的礼物，她看了之后非常喜欢。那是一个收集了上百种声音的书。我看着她拿手机扫描每页的二维码听声音的样子，感觉她活得很真实。

天色已晚，我们两个人就相约去吃晚饭，我能感觉到她有一点点不乐意我提及她的往事。

吃完饭，我就要走了。临走前，她突然抱了我一下，我吓了一跳。

她跟我说："对不起。我前段时间得了抑郁症，所以不想多提及以前的感情经历。有需要的话你再给我打电话。"我轻轻地抱了她一下就松开了，也不知道说什么，就说了一句："没关系。"

后来，在她的朋友圈，看到这么一条内容后，我才深切体会到她当初接受我采访时的处境："大约是知道我曾自杀的关系，常常有人在凌晨两三点的时候跟我说，好想死。那种感觉，我真的深有体会，特别是凌晨，睡不着，一个人躺在床上，无止尽的孤独汹涌而来，回想过往，快乐无多，想想以后，更看不到明亮。那时候，是最难熬最想死的时候，那时候，我想很多人都有过。可是，当我走在阳光下，太阳炙烤着我的脸，当我看到一朵花开，当我与一个陌生人相视微笑，当我遇到一个可以牵手拥抱的人，当我又吃到爸妈做的饭菜，当我在朋友无助的时候陪在她身边说加油，当我拉开窗帘打开窗，让空气进来，深呼吸的时候，我也会感叹，幸好当时没有死啊，不然这些我就感受不到了……"

我承认，我对抑郁症不了解，只记得曾经有一个好朋友说他得了抑郁症要去看医生，我不合时宜地嘲笑了他一番后，他就把我拉黑了。我当时真的是无心之举，本想逗他开心，谁曾想他会如此气愤。

我也不曾想过泡泡会自杀。在我的印象当中，她的性格很温柔，而且又是一个小说家，自我调节的能力应该会比一般人强。可惜，她倚马千言，只能救人，不能自救。

泡泡和常人比，有很多不寻常之处。

她五六岁就看《七侠五义》《杨家将》，小学一年级看琼瑶的《鬼丈夫》《水云间》，初中看金庸的《神雕侠侣》《倚天屠龙记》。

我问她那么小，看的书又那么有难度，看完有什么感悟吗？她说没有什么感悟，但是会喜欢，喜欢故事本身，喜欢一直有故事看。

她看的书都来自她爷爷。她爷爷有一个很大的柜子，里面全是书，也不知道这些书从哪来的。这给她以后的写作奠定了基础。爷爷去世，用书柜做棺材，书也跟着一起被烧了。

小时候除了爷爷，还有一个人对她的影响蛮大，就是教她练书法的孔爷爷。孔爷爷老伴生病去世没几天，他就在老伴的坟前上吊自杀了。从此，她懂得了爱的力量，陪伴的重要性。

她从小就从书中读到许多或缠绵，或悲惨，或凛然，或怪异的爱情故事，这也对她的爱情观有了一定影响。看到从山上采回来的野菊花晒成干菊花，吸引来很多的蜜蜂，她就感觉很幸福。她说自己不喜欢波涛汹涌的爱情，而是喜欢波澜不惊、风平浪静、居家过日子的爱情。

小时候的她长大了想当一个很有名的人，靠写东西成为大家都喜欢的明星，而不是仅仅被定义为一个作家。作家不好当，当明星作家更难，那得是集美貌和才华于一身的人。

她，一直在朝她的目标匍匐前进。高中时，她写过一个故事，大概是女大学生被大学教授强奸，教授不承认强奸，她就把教授杀了，坐牢，在监狱里，又爱上一个男的。由此可见她这个小姑娘身体里藏着愤世、不羁的因子。

这种因子也让她很难遇到合适的人。都说一个好姑娘遇到大灰狼以后就会产生免疫力，她却遇到一只又一只大灰狼，深陷一个又一个爱情的无底洞。不管是自己浮不上台面的暗恋，还是他人明目张胆的热恋，到尽头都只剩下她一人。

高中时，她暗恋一个男生，默默地喜欢了他三年。她觉得很开心，很时髦，因为好认真在喜欢一个人。

男生家在她家和学校之间，上学要经过他家，走路三五分钟。夏天她去找那个男生一起上学，那个男生刚醒，穿着一个短裤，她就羞羞地坐在那里看着他穿衣服，觉得很喜欢。

喜欢一个人是什么感觉？就是你日记里多次出现同一个人的名字；就是无缘无故在绿荫下看着操场上一个人的背影发呆；就是会把衣服穿得讲究一点，希望走到某人面前被注意到；就是挖掘出更多自己的美好。泡泡，就是这样的。

冬季，下大雪。雪很厚很厚，厚到家里的狗跑出去瞬间像掉进了陷阱。

学校操场上的雪，很多地方没有人踩过。她会挑一个没有人的角落，在雪上画一个心形，用右手的食指写上那个男生的名字，把那片雪再捧在手里端详，很久很久。在所有人都不知道的地方，刻了她喜欢的男生的名字，她感觉特别开心。

高中三年一晃就过去了。毕业的时候，同学之间流行互相交换写真照片，那种专门在照相馆照的照片，在背后写上自己的名字，互相交换。她在一班，那个男生在五班。她就花钱从五班女生的手里买了那个男生的照片。每张照片三块钱，她买了两张放到相册里面。

"为什么不让他知道呢？"
"不想让他知道。他喜欢一个女生，那个女生很漂亮。有一个坏学生也喜欢那个女生，说要拉一波人去打他。我当时特别着急，就找了另外的一个坏学生摆平这件事，没有让他挨打。这件事他也不知道。很有意思的是，他也蛮照顾我，每次上学、放学，上坡和下坡，他都会拉我的手。

高考，她考上了中国人民大学，而他去学医了。
两个人都有彼此的联系方式，却不怎么联系。那些秘密，她也一直藏在自己的心里。

有的时候，晚上孤独想他的时候，她会蹲在地上，将身体蜷缩进自己的内心，对着地上的影子说出对他的喜欢。她真切地知道影子会永远保守这个秘密。但是，如果秘密一直是秘密，就失去了它存在的价值。所以，当秘密变成真相流失了会怎样呢？

这个秘密又被她封存了四年。大学毕业后，他们一起坐火车回老家，当时也不知道怎么了，她就主动跟那个男生说了尘封这么多年的秘密。

那个男生只回了一句："你当时怎么不告诉我呢？"

压在心底的事情终于说出口，七年的时间也过去了，她有一种彻底放松的感觉。

心放松了，距离也不近了。

"后来有再见过他吗？"我问。

"他已经在老家发展，开了一家服装店。我去找过他一次，他一直没什么变化，脸尖尖的。当时，他在用电脑看电影。我就坐在他旁边看电影，看了一会儿就走了。"

"当年喜欢的感觉还在吗？"

"我也不知道。去年有一天晚上做梦突然特别难过，就想联系他。在手机通讯录里找到他的名字，发了一条短信过去："我梦见你了，突然好想你！"收到的回复是："好久不见，有空可以聚一聚、见一见！"

"我感觉有点不对，仔细一看，原来是同一个名字，但并不是他。"

她暗恋一个人七年，没有结果。

有一个人追她，花了十五年，追来的却只是一句祝福。

高中时有一个学弟，比她小一年级，说喜欢她，总给她买棒棒糖、巧克力，然后说要跟她好。

她跟学弟说："我不喜欢你！"她描述那个学弟长得傻乎乎的，个子特别高，天天在操场跑步；下课就给她买棒棒糖，在教学楼门口等着。

她从小到大不太关心身边的人，一直活在自己的世界里。学弟追她一直追到自己结婚，追了十五年。

学弟结婚一年后，她才很认真地去想学弟是一个什么样的人，才想起当年学弟给她写的情书。

第一次收到学弟的情书，是某天上午放学后，她拿着没看。中午看了场电影，哭得特别伤心，紧接着把那封情书也给看了，可能是还没从电影情节里缓过来，哭得更伤心了。

整个高中，学弟一直没间断送东西，他不知道那时已经有一个人满满地占据了她的心，她连落在他身上的目光都少之又少。流水落花春去也，点点滴滴，总是凄凉意。

高考，学弟没考上大学，复读了一年。复读那一年，她给他写信，鼓励他。她骨子里觉得是因为自己他才没考上大学，有一点内疚，所以给他写了整整一年的信。

写了一年，给他一个希望，也给自己一个心安。最后，学弟考上了广东的一所大学，两个人交流得也就多了，但也仅限于朋友。学弟依然不放弃，春节会去她家拜年，节日都会寄礼物给她。

直到有一年，学弟说他想要结婚了，请她吃饭，她才开始尝试着了解眼前的这个人。吃着吃着，学弟的未婚妻就来了，她说了一句："你们一定要幸福！"

十五年的追求，终于画上了一个句号。
那个一直说等她的人，等了十五年，终于选择了放弃。

有些人，一直就在你的眼前，你却视而不见。有些人，他不属于你，你却要拼命地去抓住。等你醒悟过来的时候，发现自己还是一个人。

如果时光可以倒流，我断定泡泡还是会做同样的决定。

而泡泡真正的恋爱是在进入大学以后。

新的学期开学，她认识了一个男生，第一次见面，她就打心底里喜欢上了这个人。他是那种瘦瘦的、看起来有点颓的人。她就比较喜欢这种人，感觉这种人对什么都无所谓。他比她大七八岁。

他们一起坐公交车去他上班的地方，在公交车上他拉了她的手，这是她第一次在公共场合跟一个人拉手。她觉得挺幸福的，感觉能把自己放心地交给另一个人。

他是一个很沉默寡言的人，每天晚上去上班，凌晨下班，回来的时候她已经睡着了，他们每天的交集就是中午以后。她说："他对我挺好的，没有脾气，挺温柔的。我们没吵过架，但感情也不热烈。"

他很穷，做 DJ 一个月，挣不到 2000 块钱，房租一个月 600 块，再买一些生活用品，所剩无几。有一次他请她吃东西，吃完才知道他是跟别人借的钱。

"生活那么窘迫，情人节怎么过？"
"我们在一起的第一个情人节，我陪他去上班，晚上一起走路回家。到了家之后，他跟我说：'你先去洗澡，我出去一趟。'然后跑出去了，过了很长时间，拿了一大束花回来，各种各样的，我很开心。他说：'我买不起花，这是我和你在一起过的第一个情人节，我就去路边捡了这个花给你。'我蛮感动。"
"为什么会记得这么清楚？"
"因为我没有过过情人节。这种状态一直持续到大学毕业。我当时就想着毕业了一起赚钱，搬到一个有窗户的地下室。"

毕业了，她也挣钱了，有条件搬到一个有窗户的地下室了，他们却分开了。

他们在一起的时候，他前女友给他打电话求助，他就去帮忙。

她会有一点点不开心，但她不喜欢管对方的私事，觉得那是自讨苦吃。

一次他出去很多天没有回来，她就觉得有什么问题了，有问题总得要说清楚。

"这么多天没回家，你是怎么想的？"她发了一条短信，毫无责备的语气。

"暂时没有办法离开那个人，她好像很需要我。"

一条短信就这么结束了两个人的感情，他们再也没有联络。

"一个连对不起都没说的人，你不恨他吗？"我问。

"不恨他。我跟他分了，还是觉得他很善良，跟渣不渣没有关系。"

分手当天，她一个人在地下室发呆，看电视。又住了三个月，她才从地下室搬出来。

搬出来之后，她就和经纪公司解约了。十年的约她只履行了三年，把自己身上所有的钱，还有许多歌的版权赔给了经纪公司。她觉得已经没有小时候想要的那种出名的感觉。

过去的恩恩爱爱，已成明日黄花。拿来一说，也只怪当年不懂事。我问她："为什么会选择这首《幸福了，然后呢？》作为你过去情感经历的领悟？"她没有给我明确的答复，而是讲了她最后一个男朋友的故事。这个故事终结了她对爱情的憧憬，或许答案就在这个故事里。

她很喜欢看话剧，有天手上有两张话剧票，就随机在一个群里问有没有人想一起去看，一个比他大一岁的男人说他也很喜欢看，两个人就约好一起去看了。

第一次一起看话剧她感觉挺好的。因为当某一个瞬间你被触动的时候，身边那个人跟你一样被触动——他感受到了她感受到的东西。

第一次拉手是在雷光夏的音乐会上。当时有一首歌，需要观众把能发出声响的东西都拿出来，他们两个没有，就拉着手在那晃，完全沉浸在里面。

一起看的话剧越来越多，某次看完话剧吃饭的时候，他突然说："要不要在一起？"她回答："好啊。"他挺高兴的，就说："我要跟我爸妈说，我跟你在一起了。"后来他真的说了。这让她觉得有了一生的依靠，即使他是一个大骗子，也希望能骗她一辈子。

他爸知道后坚决不同意他们两个在一起。一天晚上，她接到他的电话，说他爸想看看她，当时正准备下楼吃饭的她顿时紧张了起来，有点不知所措。他打电话的时候他爸已经开车在楼下等着了，无奈，她只好硬着头皮下楼，在他爸爸的车里见了一面。她坐在副驾驶的位置。

她说的第一句话是："叔叔好！"他爸问："你是确定跟楠楠在一起了吗？""我确定。""你们这样不太行吧？""可以试一试，我挺想和他一起生活。""你是哪里人？你是干什么的？""大连人，杂志社编辑。"聊了几分钟之后，他爸丢下一句："那你们自己看着办吧。"就开车走了。

他们就手拉手去麦当劳吃饭了。那是她第一次感觉谈恋爱是瞬间的事情。

在家里，他打游戏，她看书，看他打游戏的背影。心想，等他们很老的时候，她依然能看着他打游戏的苍老背影，那也很享受。

很快两个人就进入一起生活的状态。她告诉自己要以大人的样子好好和他谈恋爱，给他做晚饭，给他洗衣服，两个人就像结了婚一样。

她说，她跟人谈恋爱就是过日子，不像小说里那样跌宕起伏。

分开是因为她工作有变动，没钱交房租，就问他借钱，他却说他的钱用来买房子了，没有钱。对方一直介意在外面租房子住，很想有自己的房子，一直在攒钱想要买自己的房子。买了房子之后，却只想自己住，不想跟她一块住。

后来，闹得有点不太愉快，也没说分手，他就搬出去了，她借钱交了房租。

因为这件事，她身边的朋友说："他其实是在利用你，根本不喜欢你。那个时候他爸妈离婚，他也没买房子，跟你住的那三年，没有交房租，其实就是为了有房子住。你还每天给他做饭，他根本就不爱你。"她听完觉得朋友是在胡扯。

可是，当你心中有了怀疑的时候，会被身边朋友的话影响，那个情绪就会变得越来越厉害，你会慢慢地被腐蚀。

他搬出去之后，两个人偶尔发短信，但感觉不对了，一起看电影的时候也是觉得哪哪都不对，哪哪都不舒服。后来干脆说了分手，就在当初见完他爸一起去的那家麦当劳。

她暗恋一个人，暗恋了三年，觉得有个人喜欢就很幸福。

有一个人追她，花了十五年，追来的只是她的一句祝福。

有一个人为了前女友抛下了她，连一句"对不起"都没有留下，可她一点都不恨他。

有一个人带她见了父母，两人在一起生活两年十一个月，房租都不肯借给她，她却一笑而过。

我不懂她是如何看待爱情的，那些经历的、看腻的，都已是平常。

她说："很多时候，我们都会因为一个人在某方面没有达到自己的标准，就全盘否定对方，却没有想过，在一个现实的、繁杂的，甚至是错综无序的世界里面，一个人的一个决定或是某个选择，到底能不能代表他的全部内心？就像我们有时候会因为别人的不理解而感到寂寞，也许，对方并不是不想理解你，他只是通过很局部的你，将你定义为他不想喜欢的人，如此而已。所以，也许，他并不是不喜欢你。"

有一段感情，戛然而止

《我们结婚吧》　金莎&刘佳

> / 他以前唱这首歌给我的时候，
> / 让我感觉整个世界都是冒泡泡的。
> / 即使是白天，
> / 也会觉得醉。
> / 我曾经说过："如果我们结婚了，
> / 你一定要在婚礼上唱这首歌。"

我们是约在一个咖啡店见的面，那天北京刺骨的冷，冷到会让人失去理智。

我提前十分钟到，为她点了一大杯摩卡。

在等咖啡的时候，她来了。是我先发现的她，看得我有点脸红。两年没见了，她长得越来越漂亮了，一双会说话的大眼睛，笑起来有两个迷人的小酒窝，就是穿得太少了。

"好久不见啊。最近在忙什么呢？"我以一个老朋友的方式跟她打招呼。

"在看《易经》。"我瞪大眼睛，甚是惊讶。

"都是基础入门的。"

"那……你从中学到了什么？"

"你会发现特别有意思的一件事，就是在中国传统文化里，有一类人有类似的面相，也会发生类似的事情，产生类似的结果。其实，这是一个统计学，相由心生是挺有道理的……"

我听得一愣一愣的，好尴尬的开场白。我也难以理解眼前这么漂亮的姑娘为什么会去研究《易经》。

一开始我决定采访她是因为她的职业挺特别，是一个化妆师，给很多明星化过妆。而且她这个人给人的感觉也挺有趣，很直率，所以就试探性地问她是否可以接受采访，没想到她也没问我采访什么就爽快地答应了。

她生于1992年2月，江苏镇江人。双鱼座。多愁善感，爱浪漫。

2011年来到北京，至今已有七年。

毕业于中华女子学院的她，人送外号"拼命十三郎"，是同学口中的凯哥、凯爷。

大学入学不久，就兼职做礼仪、演员、平面模特。

大二开了自己的摄影工作室。

小时候学过舞蹈、绘画、武术、击剑、书法、钢琴、美声、葫芦丝，舞蹈包括街舞、芭蕾、爵士、民族舞、拉丁舞。

她列举出的这些才艺，我一项都不会。那么小，就那么拼命，和同龄的孩子相比，她这是在抢跑啊。家里得有多么强大的基因和经济条件支持她！

"那你一定是独生女吧？家里这么宠爱你，让你学这么多东西。"

"我有两个姐姐，一个弟弟。大姐毕业于北京电影学院，现在是话剧演员；二姐毕业于同济大学，拍广告，麦当劳、肯德基等广告中都可以看到她；弟弟在南艺读大学，学舞蹈。"

这都不算让我惊讶的，我惊讶的是她的外婆和妈妈，一个考上了北京电影学院，一个考上了上海戏剧学院，只不过因为一些外在原因都没有读成。强大的基因促使她们一个个走上文艺的道路。

她从小就喜欢写日记，一直到现在。

现在虽然不像从前每天都会写，但是某个特别的日子，某件特别的事情，还是会偷偷地躺进她的日记里，无限期地冬眠。

偶尔翻看初中时写的日记，其中有一段话看完，她自己都忍不住笑了："我看起来非常的独立，不需要男朋友。"写下这句话的时候，她也在自己的面前设立了一个高高的屏障。

中学时，她是公认的校花，而且是某个网站公投出来的。既然是校花，自然而然就会吸引很多的"小蜜蜂"。

有男生偷偷在她的自行车上放感冒药，在感冒药的盒子里面再放一封信，信里写着对她的喜欢和关心："看你最近好像感冒了，注意保重身体，按时吃药。"

有男生大半夜十二点在她的宿舍楼下面大喊："刘凯，我喜欢你！"把宿管阿姨惊醒了，宿管阿姨就在楼道里喊："谁是刘凯，站出来！"刘凯听了之后甚是尴尬。

那个男生喊了几声之后，看没有什么回应，也就悻悻地准备转身离开，谁知从他背后的男生宿舍楼里又传来一声吼："我也喜欢你！"这一吼，整个宿舍楼就炸开锅啦！

还有更夸张的：有男生将学校附近网吧所有电脑的桌面都换成了刘凯的照片。

下课的时候，男生们甚至会主动把教室走廊两边站满——她要从最后一间教室走出来穿过走廊去上厕所。所有人都盯着她看，就像保镖一样"护送"着她去上厕所，等她回来的时候就大喊："刘凯回来了！"所以，每次上厕所，她都是红着脸、低着头，急匆匆跑过去再跑回来。

虽然在学校这么受欢迎，但她从来没有接受过任何男生的追求，甚至连看都不看他们一眼。

"这么多人追你，难道就没有你喜欢的吗？""有一个。"

"那为什么没有和他谈？""因为我妈妈明令禁止我谈恋爱。我对我妈很敬畏，尊敬又害怕。我很听话，我妈说什么我都听。"

对于刘凯而言，在所有喜欢他的男生当中，只有他很特殊。

那时他们都刚上高中，刘凯对他也有好感，但在下学期，他就转学走了。

"他突然染上一种很罕见的皮肤病，很严重，而且治不好。"

转学之后，他们还一直保持着联系，那个男孩经常给刘凯打电话，一段时间下来，积了一抽屉的电话卡。

后来这件事被刘凯妈妈知道了，以为她早恋了，就严厉阻止她跟他联系。从小就不敢反抗的刘凯只好乖乖地听妈妈的话。

刘凯很委屈地说："其实，我们手都没有牵过，只是聊天、聊明星的八卦，聊班级里的八卦，等等。总有聊不完的感觉。"

虽然刘凯单方面和那个男生断绝了来往，但刘凯在那个男生心里已经扎了根。

他一直喜欢并等着刘凯。后来，每隔半年或者一年他们就会联系一次，每次一定是刘凯内心特别崩溃的时候，才会给他打电话。他就会在电话里安慰刘凯。

时间越久，两个人的关系就越铁。不过，两个人都避讳谈"爱"这个东西。从高中到大学，再到大学毕业，他们的关系早已经超越了爱情，道不清也说不明。

刚大学毕业的刘凯也刚刚结束了初恋，一直无法从失恋的阴影中走出来的她回家了。

他知道了，又责备又心疼，半开玩笑地说："谁让你不跟我在一起。"

刘凯听完有点生气，说："那你想要在一起，随时可以在一起。"这句话，他一直记在心里。

"那他为什么不直接向你表白呢？"

"他那个时候可能比较自卑。后来他有跟我提起过这件事，说当时听完我说的话后，他很震惊，觉得我们两个人手都没有牵过就在一起，太不真实了。”

刘凯工作之后，他来北京看刘凯，回去的时候出了车祸。
这个事刘凯直到一年半后才知道。

那天刘凯因为心情不好给他打电话，这一打就打了两个多小时。

听到他瘫痪的消息，刘凯觉得很不可思议，这么大的事情，都过去了一年半，她居然一点都不知道！这一年半他是怎么度过的她不敢去想，也接受不了这个事实。

也是通过这次谈话，这个男生第一次将自己从小到大为刘凯做过的所有事情都告诉了她。刘凯一边听着，一边抹眼泪。原来，不经常联系的他，爱得是这的深沉。

他说他为刘凯写了很多很多本的日记，把和她的每一天都写进日记里。她听得很心疼。刘凯回忆起以前总会骂他爱撒娇、卖萌，从来不把他的玩笑话当回事。

快十年了，她在他心目中的分量一分未减。
知道他从此再也站不起来了，刘凯哭着说：“我一个人在北京打拼，很辛苦的。你要好起来，经常来找我玩。”他说：“好！我好好做康复，来北京陪你。”

对他欠缺关心，让刘凯有些自责。最近刘凯发现他在朋友圈分享了一首很悲伤的歌曲，于是编辑了很长的一段文字去鼓励他。
“有爱就要及时表达。开心点，有力量一点。我在北京等你！……”
“有你在，很安心！”他回复。

"所以在你心里，朋友应该占据很重要的位置吧？""是的，甚至排在家庭前面。"

我有点不解，心想这么快乐阳光的一个女孩，小时候受过良好的教育，家里人又都是文艺分子，家庭才应该排在第一位吧。

其实，不然。

刘凯是奶奶带大的，要上学了才被妈妈接到身边。妈妈总觉得她身上有很多奶奶教给她的恶习，于是一次次在刘凯面前贬低奶奶。刘凯因为害怕不敢顶嘴，只会默默伤心。

"那你和你妈的关系怎么样？"

"我们从来没有拥抱过。我们家人之间的感情并不像普通家庭那么亲近，在我的概念里，家里人也帮不了我什么。我们家每个人都是靠自己，从来不依赖别人。"

"最近一次回家是什么时候？"

"最近一次是因为我大姐结婚。家里搬家我都不知道，而且没有我的房间。我回到家没有杯子喝水，我爸给我找了一个杯子，就因为这个杯子，我妈要和我断绝母女关系。"

跟刘凯的对话不断刷新着我对她的印象。

她姣好的容颜下，原来有这么多让我瞳孔放大、表情凝滞的人生经历。

说到妈妈这一段，她的情绪似乎蒙上了一层薄纱，不想被人看透，也不想让人怜惜。

龙应台《目送》里写道："我慢慢地、慢慢地了解到，所谓父女母子一场，只不过意味着，你和他的缘分就是今生今世不断地在目送他的背影渐行渐远。你站立在小路的这一端，看着他逐渐消失在小路转弯的地方，而且，他用背影告诉你：不必追。"

刘凯站在小路的这一端，看着渐行渐远的父母的背影，也眼眶湿润地转过了身。她不想看到他们的背影消失在小路转弯的地方。

人这一辈子，总有一种关系是你选择不了、无法摆脱、难以逃避的，那就是父母子女之间的血缘关系。从你生下来的那一刻起，无论那个人当初是如何待你，你这辈子总有和他（她）分别的一天，这一天的到来，或许让你觉得终于卸下了那份爱与恨，或许让你觉得终于割断了那层你一直逃避的关系。可是，或许当你看到属于自己的小生命降临的时候，你才会明白做父母的不易。

刘凯的妈妈小时候是家里的"大小姐"，出门都有保镖护送。中间因某些变动，婚后的她变成了一个十足的女强人，因为家里有四个嗷嗷待哺的孩子需要她操心。这一改变，我相信她妈妈心里也有很多的苦楚。刘凯是一个懂事的姑娘，并不恨她妈妈，这对母女目前看来虽然隔阂太深，但是她说如果妈妈需要，她会第一时间出现在她眼前。

刘凯虽然从小缺失了部分的母爱，但后来在爱情里面获得了许多宠爱。只是，这份宠爱有一天却戛然而止。

刘凯第一次见到他，是在三里屯一家酒吧。

他是刘凯大学同学的朋友，比刘凯大两岁，戴眼镜，身材特别好，倒三角。在酒吧里，他第一眼就看中了刘凯。刘凯虽没有看中他，但也不讨厌他。他的出现让刘凯的世界多云转晴，加上他每一天的早安、午安、晚安问候，慢慢暖到了刘凯，所以刘凯就尝试着去和他接触。

他们从认识到确定恋爱关系，花了两周的时间。

在一起的一周后，他给了刘凯家里的钥匙，说："家里终于有女主人了。"

第一次到他家，刘凯发现他的被子上有牛奶、阳光的味道，衣服整理得也很整齐，对他的好感又增加了几分。他也疯狂地对刘凯好，每天开车送刘凯上下班，来回100公里。他还每天准点问候刘凯吃早餐了吗，吃午餐了吗，每个月送一束花。为刘凯买东西，从来不看价格，喜欢就买。

他为她做的这些，让周围所有人惊呼："天呐，怎么会这么好！"也让所有人嫉妒。用刘凯自己的话说："他把他所有的都给了我。"

这个男人，给了刘凯一种家的感觉。捧在手里怕掉了，含在嘴里怕化了。前三个月两个人一次吵架都没有。

后面即使吵架也不会超过两个小时。只要吵架，他就会从昌平开一个多小时的车到朝阳，委屈地跟她道歉，哄她。

刘凯一开始是和男同事一起合租。他不想刘凯和男同事合租，就帮她找了房子，让她搬了出来。新房子租了两个多月后，刘凯发现她有一个大学同学，跟对象才认识两个月就领证结婚了，而他们已经在一起三个月了，就开玩笑地说："要不我们也领证吧。"他回答："好啊！"刘凯又考虑到一个月3800的房租也挺贵的，就把房子退了，从朝阳搬到了昌平。

此后，每天上班、下班、去菜市场买菜、做饭、洗衣服、打扫卫生，成为刘凯的必修课。

他不抽烟，生活很健康，没事就工作，也没有什么乱七八糟的事情，因此两个人的日子过得很和谐。

搬到一起两周后，刘凯突然查出得了一种病，要做手术。她吓坏了，给他打电话。他在出差，电话里听到这件事也蒙了，回来直奔医院，说："有我在，我陪着你！"

他是公司的老板，公司离开他不行的那种。但因为刘凯生病要做手术，他果断给叔叔打电话，说要消失一个礼拜。他在刘凯的床边放了一张躺椅，定了一个闹钟，每隔两个小时起来帮刘凯翻身。他陪了刘凯一个星期，每天都是满眼的血丝，一句怨言也没有。

出院回到家之后，他帮她洗脚、洗澡、换药，喂她吃饭，可谓无微不至。两个人也越来越像一对小夫妻。

这件事让刘凯知道他是真心对她，并坚定了跟他携手一生的想法。而他也是非刘凯不娶。

可是，后来他的工作压力越来越大，脾气也越来越暴躁。加上考虑事情很极端，两个人就常常吵架。吵架时，他也会抱怨："为什么我们两个每次吵架，都是我哄你，你就不能哄哄我？"

刘凯知道他确实太宠自己了，就尽可能地包容、退让。如果说最开始是他爱刘凯多一点，那么到后来就是刘凯爱他多一点。

后来有一天，刘凯辞职回到家，也不知道因为什么两个人又吵架了，刘凯就提出了分手。

这一次，他没有哄刘凯，而是去了他妈妈家。

刘凯就一个人在家，以为他很快就会回来的，没想到一周过去了，他并没有回来。

刘凯频繁给他发信息，他一条都不回。

刘凯即使认错、请求原谅都无济于事，只能每天以泪洗面。

后来太伤心了，刘凯也想气一气他，就买机票去了泰国。就在她出发去泰国前，他回来了，给了她一张信用卡，还帮她换了泰铢。那个时候刘凯还觉得他们两个应该不会怎么样的。

在泰国，刘凯给他发信息，他依然没回。刘凯就这么一天天地等，没想到等来的却是让她搬出他家的消息。刘凯很长一段时间都无法接受，以为是错觉，觉得不可能前一天还那么爱，今天就变成陌生人。

曾经爱得那么深、那么真的两个人，感情真的会戛然而止吗？答案是：会的！

刘凯从他家搬出来之后的一段日子，还不断地去联系他，结果发现他已经跟别的女人在一起了，且每隔一段时间就换一个女朋友。

跟他分手三个月后，刘凯才慢慢开始从分手的阴影中走出来。他却开始给刘凯电话，说我想你了之类的话，但并没有复合的意思。

"你那个时候还喜欢他吗？"我问。

"我一直喜欢他。"她说。

"那为什么不放低姿态去追他？"

"我放的已经很低了，不能再低了，我朋友说你不要这样子了。这段感情戛然而止，有一种身边的人突然出了车祸离开的痛苦感。我花了两年时间才彻底从里面走出来。"

而让刘凯彻底走出来的是一通电话。一天晚上，刘凯喝多了，给他打电话，他没接。第二天早上，他给刘凯回过来，两个人都不聊感情。

中午他又给刘凯打了一个电话。打第三个电话的时候，他喝多了，说想刘凯，必须要刘凯去见他。最后他问刘凯："你觉得我还爱你吗？"刘凯很肯定地回答："爱！"

在电话里，他一个字都没有提他是否有女朋友的事情。刘凯在电话里开玩笑地说："你都要结婚的人了，就别闹了。"

那天他们也不知道怎么就约好晚上一起吃个饭。

刘凯就一直等，等到了晚上八九点，也没有等到他的信息，给他微信电话，他也没接。那个时候，刘凯还坚信他是爱她的，即使分手快两年了。

快十点的时候，他用微信打电话过来，刘凯以为是喊她吃饭。没想到接通后只听他说："有个人想跟你说句话。"刘凯还没反应过来，就听到一个女人刺耳的声音："他是我老公，你谁啊？你跟他联系干吗？你还要不要脸，勾引别人老公。我们马上就要结婚了！……"刘凯当时就蒙了。

现在回忆起来，刘凯说就像现任抓小三的感觉。

以前刘凯很坚定地认为他中间再怎么换女朋友，迟早还是会属于她的，只是时间早晚的问题。这个想法存活两年了，从未动摇过。直到接了那通电话，刘凯才清醒地意识到他是真的不属于她了。

早在两年前，他就已经不爱她、不属于她了，只是她一直生活在自己的幻想中。这次，她没有崩溃，反而很冷静。她知道，她这里不是他这辆火车的终点站，而是始发站。这段感情让她明白，不要过度依赖一个男人，女人应该自立自爱，让自己过得好一点，让自己吃得好一点、穿得好一点。

"为什么会选择这首《我们结婚吧》作为你这段感情的寄托？"
"因为他以前唱这首歌给我的时候，让我感觉整个世界都是冒泡泡的。即使是白天，也会觉得醉。我曾经说过：'如果我们结婚了，你一定要在婚礼上唱这首歌。'……"

转角的路口，你已不在

《最熟悉的陌生人》 萧亚轩

/ 费腾感慨他在最没有能力的时候遇见了对的人，

/ 感叹命运捉弄，

/ 彼此成了最熟悉的陌生人。

/ 可又感恩命运的安排，

/ 让他们有这么美丽的一场相遇。

/ 这一切成了费腾最珍贵的回忆。

/ 费腾也感恩自己曾经的选择，

/ 他说："她过得很好，我也如此。"

跑完步回来，累瘫在床上，和同事聊天，不知道怎么就聊到了童年这个话题。脑海中一幅幅画面如老电影般闪现又消失，唯一的感悟就是能活到现在很不容易。

那个时候的自己自尊心超级强，倔强得听不得半句别人不好的评价，就在自己的世界里独行，不管现实如何，我就是我。不像现在的自己，如此多愁善感。

越长大越柔弱不堪，越长大越犹豫不决，越长大越逃避现实，越长大越不自信。在梦与醒之间，追寻着生命的那份意义。

我知道人都是一切往前看的，可是突然回头审视自己的童年，才发现走到现在已是过了万水千山。

一步步走到现在，一部分源于知识的力量——知识让我有了不同的思维，让我学会了思辨，以处理各种棘手的问题；一部分源于骨子里对自己不断的鞭策，理智地止步，明智地选择。

能变成现在这个样子，完全是自己一路和社会磨合达成的。每个人都不是孤立的存在，都离不开这个社会，否则个人的存在便没有社会意义。

能变成现在这样子，完全是自己一路选择过来的，在每一个十字路口，我都在不断地做选择题，不断地纠正自己的方向。不管是一直往前走，还是左转、右转。

或许在某条路上，会遇到与你志同道合的人，遇到你命中注定的人，但就在下一个十字路口，你左转，她右转，从此又成为背对背的陌生人。

当然，还有一句至理名言："条条大路通罗马。"爱情的道理和这个道理也很相似，在无数次的选择和穿过无数个红绿灯之后，你们或许又回到了最初的原点。

在路口踟蹰没有关系，关键是不要选错了方向。因为等你再回头时，或许已物是人非。你会发现一切的安排从一开始就是个错误，你不知路已走到尽头，行驶的轮船已搁浅。

路到尽头，你曾觉得天塌了，可几年之后等你再回头想想，其实只不过是在十字路口做了一个很长很长的梦而已。梦醒来的时候，就是你要回到正轨的时候。擦干眼角的泪水，撇下那份不舍，大胆地往前走吧！

夜不能寐，码字到现在，同事耀哥已经在另外一张床上打起了呼噜，很有节奏的呼噜声。整个屋子只有我的电脑屏幕和手机屏幕是亮的。只要耀哥的呼噜声起，今晚我就会睡得很香，你信吗？

自从耀哥转做编导之后，有将近一个多月的时间没有一起出差了，这次算是再次搭档。

久违的呼噜声，不知道下一次听到是什么时候了。

我夜不能寐，脑袋瓜一直转，是因为采访到的一个东北小伙子的爱情故事。

一个91年的小伙子，不知道经历了什么，内心似乎已饱经沧桑，烟抽了一根又一根。

岁月感在他吐出的烟雾中变得更有味道，一段影响他颇深的感情故事就这么开始了。

他叫费腾，荷尔蒙爆棚的大一谈了一个读大四的、家庭条件特别好的女朋友。

说起怎么认识的，还颇有戏剧性，比起偶像剧里的剧情，他显得更有套路。

盘锦回学校所在地沈阳的客车上，从未晕车的费腾竟然神奇地晕了一路，也吐了一路。

客车上只有一次性的小垃圾袋，没有卫生间，车上窗户也不通风，车里的味道可想而知。这体质迎来了客车上一帮男女老少的白眼和嫌弃。

有个女生坐在他的旁边，微胖，个子不高，眼睛特别大，头发及肩，很淑女。费腾注意到她没有露出一点的厌恶和嫌弃，顿时增加了对这个女生的好感度。他曾想尝试搭讪，未果。

到站之后，费腾感觉挺不好意思的，很直接地对那个女生说："美女，我请你吃饭吧！"女孩看都没看他一眼，说："我没有胃口。""你回学校，我也回学校，我送你回去吧？"费腾的热情劲儿完全没有因为女孩的冷淡而减退。她说："那也行。"

多少美好的开始都是从一句"我请你吃饭吧！"开始的，这顿饭就是一次对彼此印象的打分，及格就是通关了，不及格就是落花有意流水无情。

费腾这个小伙，很能挑起话题，几分钟的路程，就把女生叫什么、家在哪、喜好，了解得一清二楚。看来这个印象分打得很高，直逼一见钟情。

先是到了费腾的学校，他说："我们学校食堂饭菜挺好吃的，要不要尝一尝？不饿也歇歇脚。"

女孩听后也不好意思拒绝，都是老乡。加上正好有点饿了，就答应去食堂吃口饭。

哪个大学食堂都有拿得出手、叫得出名的饭菜。所以，他们见面吃的第一顿饭就是学校食堂的招牌：炒方便面！加鸡蛋！所以，我问费腾："你初恋是什么味道的？"他回答："炒方便面的味道。"

这顿简餐，他们两个聊了很长的时间，还互相留了手机号。

从此之后，两个人就一发不可收拾。青春期荷尔蒙作祟，他们的关系发展得很快。

费腾平时总爱跟宿舍的哥们儿喝点小酒，吹吹牛。有一次喝多了，没站稳直接从小酒馆六层的楼梯上摔下来了，倒没有受伤，只是他这烂醉如泥的状态让人不知如何收尾。不知道谁给这个女孩打了电话，她就开车去接费腾，因为第二天放假，所以她当晚就把他送回了盘锦。有的女司机开车还是很猛的，他在车上吐了一路。

她直接把费腾像货物一样运回了自己家，丢在客厅的沙发上。

费腾隐约记得，她把他丢到沙发上以后，怕他吐在地毯上，先给他拿了一个垃圾桶。然后去冰箱里拿了一个冰西瓜，切好给他解酒。她半跪在地毯上，一只手捧着西瓜喂他吃，吃完让他把西瓜子吐在她另一只手里。那一幕让他特别感动。

第二天醒来的时候，费腾对于昨晚发生的事情记得不是很清楚了，但知道自己一定是闯祸了，搞清楚状况后就自己乖乖去洗车。也就是这一次经历，使他们正式确定了恋爱关系。

后来她开车上学，费腾就当了一年的司机。

他们两个最幸福的时刻，就是费腾每次都会提前十分钟把车开到她的校门口等她，远远地看着她开心地背着包向他跑来。那一刻，费腾的荷尔蒙井喷式地迸发。那一刻，任何的山盟海誓他都可以信誓旦旦地许下。那一刻，就是费腾眼中爱情的样子。

谈了两个星期，有一天晚上他们正散步，女孩父亲打电话说刚好从外地回来，想见费腾一面。费腾有点紧张，来得实在是太突然了。听女孩说她父亲很严厉后，他内心就更忐忑了。还有十几分钟时间就到了，他也做不了什么，只能祈求一切顺顺利利。

女孩见状就在一旁安慰他："迟早要见父母的，也就是早一天晚一天的问题。再说我爸就是想看看你长啥样，了解一下你的基本情况。放心吧，有我在，我相信我的眼光。"

他们就近找了一家咖啡店。晚上九点多，一辆越野车出现在费腾眼前，副驾驶的人先下车，费腾深吸一口气就赶忙上前去和他握手寒暄，并喊了声叔叔。

女孩跑过来对费腾说后座才是我爸，费腾听后就蒙了，说了句论年龄喊叔也没有吃亏。

和她爸爸简单聊了几句，她爸问了费腾的年龄和情况，还问他父母是做什么的。

至今仍能刺激到费腾的一段对话是，她父亲说："你大一，她要毕业了。你们之间是异地恋，能长久吗？"费腾毫不犹豫地说："可以的，没问题。我短期内会从学校走出来。""要不你回盘锦工作吧？""叔叔，我想出去闯一闯，混出个样子之后再回来娶她。"

这两句话很有东北人的性格，第一次见女孩家长，他只有喊出这么响亮的口号才不会心虚。

向左转，回盘锦和女朋友一起好好工作；向右转，一切都是未知。他，选择了向右转。

狠话已经放出去了，爱面子、野心勃勃的他大二的时候，就找了陕西的一个牧场，开了校外实习证明，出去打拼了。

因为是在校生，只能做基层工作，做了一年，挺辛苦，上12个小时休12个小时，每天扛东西，往配料间里送。里面平均温度40—45摄氏度，每天不停地出汗，一次扛一袋，一袋一百五十斤，费腾一天能抗一百多袋，扛得肩膀上全是血泡。

刚去时一个月工资四千多，自己租房子，租金一千四百块。再后来，一个月将近七千块。中间做过十天的配料工，三个月的清洗部职员。

有一次，不懂机器操作的他不小心操作失误，导致十个指甲盖掉了九个。听到这儿的时候，我都感觉钻心的疼。

当时是因为和女朋友在电话里吵架，他心情很不好，工作分心一不留神手被挤破了，同事让他赶紧去滴几滴高浓度的福泰，可他不懂操作，直接打开了阀门，没想到冲劲特别大，整个手被冲得惨白惨白的，就像泡椒凤爪一样。很疼，很痒。

睡了一觉，第二天醒来搓搓指甲，居然掉下来了。费腾的第一反应是试着插回去，但发现插不回去。十个指甲盖只有左手的大拇指没有掉。

费腾回忆当时，说他并不害怕，因为以前掉过指甲，知道能长出来。但他不知道要多长时间才能长出来。

受伤期间费腾一直戴着手套，别人看不到。这事也没有一个人知道，包括他的女朋友。一个月后，指甲盖都长出来了。

在牧场工作时间太久，又太远，女朋友打电话说："时间太久了，不行你就回来吧。"费腾不甘心："我不想回去，不想就这么半途而废。""你的工作重要，还是我重要？"女朋友在电话里急了。

"我已经答应你爸了，混出个名堂才回去！""你这是死要面子活受罪！你到底回不回来？"

两个人就在电话里天天吵架。费腾白天睡觉，女朋友打电话过来，他迷迷糊糊地和她吵一架后接着睡，等完全醒来后再给她打电话哄她。

两个人每天就这样，在电话里谈着恋爱。如果用两个字来形容这段时间的恋爱，就是"吵"和"哄"，反反复复，就这样一点一点消磨着彼此对美好爱情的向往。

有些女人的安全感不是物质能满足的，现在的她看都看不到他，更别说得到安全感。

他在牧场努力了一年，女朋友也没去牧场看过他一次，全是通过打电话跟他联系，有时一个月的电话费高达一千五六百块钱。女朋友生日他也只是在电话里祝福一下。

从牧场回来之后费腾去了营口，没有告诉她。他还是不甘心，还想再试试，总觉得如果不再努努力，对不起她的父亲。

于是，他去当了辅警。做了四个月，最后被他姐发现，就把他叫回盘锦了。这四个月，他一直瞒着女朋友。

回盘锦后一个礼拜，费腾和她没任何联系，两人就这么分了。

两片紧挨的树叶，彼此从春天一直相伴到秋天，也算一起经历了狂风暴雨、电闪雷鸣。最后，一片飘入风中浪迹天涯，一片落入尘土叶落归根，从此天涯陌路。不要问他们两个为什么就这么分开了。是因为不爱了吗？不是的。是因为季节到了。

分手后费腾有点放不下，买了她喜欢吃的水果，在她家楼下站了一宿。那晚还下着小雨，但他最终没敢上去。他不知道如何开口。

"你后来有通过短信、电话表达过复合的意思吗？"
"联系过。电话不接，短信不回。她说的最后一句话是祝我幸福，希望我变成更好的自己。"

"你觉得是什么原因导致你们两个分手？"
"我感觉是因为我那时候还不够成熟，太执拗。太想证明自己，把感情忽略了。"
我听后只是叹了一口气。

分手后费腾还跟她开玩笑说："你结婚告诉我一声，我随个礼金。"这句话他是笑着含着泪说的，分手后的那些日子他整天喝得烂醉。

没想到，她结婚的时候真通知了他，他随了两千块的份子钱。

费腾感慨他在最没有能力的时候遇见了对的人，感叹命运捉弄，彼此成了最熟悉的陌生人。可又感恩命运的安排，让他们有这么美丽的一场相遇。这一切成了费腾最珍贵的回忆。费腾也感恩自己曾经的选择，他说："她过得很好，我也如此。"

故事到这里就结束了。

我在动车上回味了一遍这个故事，发了一条朋友圈："你对东北男人的印象？"

半个小时过去了，有很多的留言，有说爷们、大男人、猛、能喝、怕老婆、占有欲强、仗义、疼人、稀疏的胡茬、爱吃大葱、粗犷的，还有的直接写小沈阳、赵本山。

我和同事开玩笑，说这其实是一个向左转还是向右转的选择题。如果未来的老丈人找我谈话，而且是有企业的老丈人，我应该会这么跟他说："我想先出去闯一闯，如果闯出个样子我就回来娶她。如果闯不出一番作为，我也会娶她，回来在盘锦踏实工作。"因为结果未知，至少给自己一个机会。

我可能不会像费腾那样完全把自己的后路给截断，也不会将自己的爱情作为一个砝码和赌注，不管闯荡是否成功，都应该给那个等你的人一个交代。

如果仅仅是为了证明自己的能力而毁掉了一段感情，这是自私的一种表现。你说这一切都是自己理智的决定，或许你是被理智冲昏了头。

费腾心里一定也不好受。本想为一个人去奋斗，去活着，没想到奋斗着、奋斗着，却突然发现你为之奋斗的人消失了……

我知道这种类型的故事在电视剧里总能看到，不算是新鲜的剧情了。人呀，总觉得一切看着也就那么回事，等自己真的遇到的时候，才会发现，并不是所有的萝卜吃起来都那么脆。

向左转，还是向右转？无论哪个方向，转角的路口，你都已不在。

任何事情只要和感情绑到一块，那真是千丝万缕，剪不断理还乱。

　　不要给感情添加任何的枷锁和杂质，它无须也不需要成为任何东西的载体。感情就是感情，有和无全在于你我的一来二往，全在于你我的回眸一瞥。热恋就是灶台上一壶刚烧开的水，翻滚热烫，你侬我侬。恋爱久了，就是饭桌上的一杯温水，任何时候都可以端起来直接喝。结婚后，就是夜里摆在床头的一杯白开水，半夜醒来喝下去的是满满的爱和相濡以沫。

一别两欢，各生欢喜

《看透》 高阳

/ 见到你，看到你好好的，我就知足了。

/ 到了机场，你要下车，我说："你不用下车了，我自己走！"

/ 因为你一向特别讨厌送人。

/ 以前我总是让你送我到火车站，

/ 这次就让你做一次你自己！

/ 我走了！头也不回地走了！

一觉醒来，看一下还在充电的手机，才七点。离八点的闹钟还有一个小时。

翻身想再睡一会儿，脑子里却想着刚刚把我惊醒的梦。眼皮虽然闭上了，却还在动。

我又翻了一个身，叹了一口气，还是平躺着。睁着眼看着屋顶，啥也看不见。

已经有段时间没有梦到她了。我记得刚和她在一起的时候我就梦见过我们的结局。

多么荒唐的一个梦，醒来后我蹲在酒店的床边，怕失去似的掉着眼泪，安慰自己梦是反的。

这次又梦见，是她出了车祸，我却束手无策，救也救不出来，汽车爆炸，我号啕大哭……

想着想着，念着念着，眼泪又出来了。
这次，我好像听见眼泪控诉的声音。

"放下吧。过去这么久了，她不值得你这么做。你现在的样子看起来很懦弱、很卑贱。"
"放下？谈何容易。每一次的想念，每一次的咀嚼，她只会在我面前越来越清晰。"

"她其实不适合你，只是你现在还不明白，也不愿意去承认。"
"我知道你说得都对，可是我就是忘不了她。她总是不打招呼就进入我的梦境。"

"时间会给你答案的，能记着她未免不是一件好事。梦里至少有你们在一起的凭证。"

"她不是属于我的天长地久，可我也不愿意她属于别人。不是我自私，而是我还没放过自己。"

眼泪沉默不语。

我又翻了一个身，把脸埋进枕头里。眼泪滑过我的脸颊，滴落在枕头上。

这是我第一次在机场写东西，电脑旁边堆满了吃完的薯条、番茄酱、鸡骨头，还有喝剩的半杯可乐、被揉成一团的餐巾纸。

环境是糟糕了一点，但想想也无事可做，手机里反复循环着这首《理想三旬》，继续敲打着键盘……脑子里的自己瞬间变成一个素描大师，把自己关在一个黑暗的房间，一盏灯，一个画板，我就站在画板前用铅笔素描着我的臆想……

从湖南怀化洪江区回北京，中间在长沙待了一个晚上。这座诞生了湖南卫视的城市，让我们每个人多了一份期待。其实这已是我第三次来长沙，第一次来还是大二的时候，第二次也是路过。

到了酒店，办理完入住手续已经晚上十点了。进屋后行李一放，我就倒在床上不省人事了。中间被同事喊醒，才迅速地将外套、裤子脱掉。不管地上脏不脏，直接一扔又倒头就睡。可能是床太舒服，直接秒睡。

第二天要赶飞机，不得已早早地从舒服的被窝里爬起来。没刮胡子，在水龙头下洗把脸就又拖着行李出门了。

这一次出差，像是在地图上画了一个大圆圈。从湖南怀化前采、重庆酉阳和重庆江津区录制，到湖北钟祥，最后再次回到湖南怀化录制。

这个圆圈意义不同，像一个紧箍咒。这个紧箍咒不是戴在头上，而是心上，越往后，心被勒得越紧，勒出了一道道伤痕。内心呼天抢地、阴晴不定的我多么想直接撂挑子走人。

这个圆圈不仅仅是我行程轨迹的圆圈，也是我情感经历的圆圈，圆圈外波澜不惊，圆圈内波涛汹涌。在这个圆圈里发生了很多让我哭笑不得、痛苦不堪、不堪回首的故事。

画这个圆圈的第一天，我有点神志不清，忘记带很多东西：洗面奶、吹风机、手机充电器、换洗的衣物，甚至连脸都没洗就这样出了门。

以前的那个傻小子不知道什么叫失眠和怕黑，现在全变了。出差的第二天晚上睡觉不敢关灯，连续几个晚上都是凌晨三点准时醒来，然后用被子把自己裹得严严实实的，蜷缩着。

如果你问我失眠是什么感觉，我会告诉你：无力、害怕、狂躁，又有点懦弱。越在黑夜，你就越会想起那个在你心中挥之不去、无法驱赶的人；越在黑夜，你越不相信、越怀疑眼前发生的一切，总以为这些都不是真实的，只是你的一个梦而已。

黑夜无情地吞噬着我，带着嘲笑和冷漠。多么想在这个平静的黑夜里呐喊，声嘶力竭地喊出想念的那个人的名字；多么想在黑夜里用透明的玻璃将自己困起来，躲在里面，尽情地释放自己的情绪。

那几天才知道人拥有记忆是一件多么痛苦和可怕的事情，才知道为什么会有人希望有忘情水，希望失忆。因为记忆是一种毒药，独家记忆更是让人心痛如刀绞。我曾无数次嘲笑那些借酒消愁的失恋者，其实他们不是在消愁，而是在麻醉自己，强迫自己不要去想。

无处诉说，只能一遍遍自欺欺人，一遍遍安慰自己，一遍遍推倒所有对那个人的恨，因为自己根本恨不起来。

一边告诉自己要拿得起放得下，一边告诉自己我不能失去她；一边告诉自己她不值得你这么做，一边告诉自己我要向她证明我有多爱她；一边告诉自己她不会接我的电话，一边又默默地拨通了她的电话。

那个时候才理解怪不得人死后投胎的时候要喝孟婆汤，因为人有一辈子的记忆就足够了，要再带到下一个轮回，太痛苦。

那几天才知道孤单会吞噬一个人的所有情感。平时自己可以通过看书、看电影、运动、写东西来化解孤单，可这次完全适得其反。想一个人会让你失去理智！

孤单会把你逼到一个角落，在那个角落里的你，蜷缩着，躲避着，流着泪。为了和孤单对抗，就拼命地打电话，一秒都不要停，不要停。

那几天才知道什么叫没有胃口。喜欢吃的水果已经在自己眼前摆了一个星期，直到它烂掉，都没有兴趣拿起它。面对一桌子的佳肴，毫无兴致，被身边的人调侃这么瘦还减肥。原来身体也会本能地拒绝！

那几天才知道，听歌可以疗伤，也可以往伤口上撒盐。四个小时的车程，在路上可以反复听同一首歌——《一生中最爱》，只因嘉宾在节目中随意唱了一下："如痴如醉还盼你懂珍惜自己，有天即使分离我都想你，我真的想你。……如果痴痴地等，某日终于可等到一生中最爱。"

一动不动地呆坐着，所有的歌都可以让我联想到那些美好和不美好的画面。貌似整个世界都是和你对立的，整个世界都和你过不去。朋友劝我不要听慢歌，其实快歌也无法驱逐心里的那个人。

那几天才知道一个人看电影哭是多么可怜，而且看青春校园剧哭是多么的不堪。周围的人一定在想，这个人是不是有病啊。

一个人买票又去看了《谁的青春不迷茫》，最后居然看哭了，全场只有我一个人哭。其实，一个人哭，可能不是被电影剧情感动哭，也有可能是被自己感动哭。

失去了她，就像文字失去了标点符号，失去了顿挫和重点。
失去了她，就像身体被抽走了灵魂，没有了任何的情绪。

4月1日，愚人节，你给我发了一条消息："亲爱的，我们分手吧。"
我回复："别闹！这个游戏不好玩。我在采访呢。"然后发了一个红包给你，就接着工作。

两个小时过去了，我再次拿起手机，发现你没有领红包。

我问你："小阔爱，为什么不领红包？"你说："以后，不要再发红包了。我们分手做朋友吧。"

房间关着灯，我抱着手机蹲在床边，一遍遍给你打电话。你说不要再打了，你已经喜欢上别人了。我不相信，我说我可以辞职去你的城市，你说不要傻了，你已经不属于我了。

深夜，电话再次接通了，你说："我现在和男朋友在一起，你要他接电话吗？"

我说："我不信。"然后，我听到一声"喂"，是一个男人的声音。

我整个人像失去了地心引力，头晕目眩，握着手机，点下了通话结束。

挂掉电话，我抹了一把眼泪，站起身，走到衣柜的镜子面前，看着镜子里的自己告诉自己：你一定是在骗我，你一定是找了一个朋友合起伙来骗我。我不能上当，你一定是在考验我。

我再打电话，你把我拉黑了。我发微信，你也把我拉黑了。我还是一刻不停地发，一刻不停地打。自己电话打不通，我就跑去借同事的手机打，同事的手机被你拉黑了，我就去酒店前台打。

我还给你远在杭州的朋友打电话，让你朋友劝你再考虑考虑。可你的朋友要我放下，再去找一个。我说不可能。

你把我的微信加了回来，我像是抓住了一根救命稻草，告诉自己你还是舍不得我，你还是爱着我的，你只是在愚人节给我开了一个玩笑。

怎么办？解铃还须系铃人。我不顾身边所有人的反对，毅然决然选择买机票去看你。我当时在想，即使世界上所有人都反对我去找你，都觉得我傻，都觉得这样不值得，我也会选择去见你最后一面。

在我的心里，你是那么的善解人意、体贴入微，我不相信命运，不相信鬼神之说，不相信一见钟情，但我相信眼泪。

还记得那一次分别时，你一边吃面包，一边掉眼泪。每次分别，下一次见面都不知道是什么时候，也就是在那一刻，我深深地陷进去，无法自拔。

我还清楚地记得你不经意回头见到我惊呆的那一瞬间，说话都结巴了。上午我们还在手机上有说有笑地聊天，你万万没有想到下午我就出现在了你几十米之外的地方。

我们两个站在公交站台彼此不说话。公交车来了，你先上，我后上。我坐在你的身后，就这样接你下班。我多么希望公交车就这么一直开下去，我就在你身后这样一直守护着你。好几次想伸手去摸一下你的头发，一直到下车的时候都没敢。

第二天早上，你七点四十准时出现在公交站台，我们都神奇地穿了牛仔，黑白搭配。我买了你喜欢喝的香蕉牛奶，你给了我我喜欢吃的小鱼仔。我们两个就这样坐在公交车上沉默着到了终点。下午五点我又出现在同一个地点接你下班。

下车后，我把给你买的衣服递到你手上。你很开心，带我吃了我特别喜欢吃的那家姐妹龙虾。还是点了两种，还是点了一罐凉茶，还是那一张桌子，可我吃着吃着眼泪就出来了。味道已不像我们第一次吃的时候，我根本吃不下去。

你陪了我一个小时就回家了。我就住在离你家最近的假日酒店，五分钟就可以到你家。酒店对面是体育馆，体育馆里有游泳池，我们两个还在里面游过泳，你喝了很多水也没学会游泳。

这次来，你没踏进这个酒店半步。为了能多看你一眼，我就在你家后面的公园一趟趟地遛弯。我记得你告诉过我，你吃完晚饭会跟妈妈一起去那里散步。所以，我就一直等。从七点开始等。

终于，见到你了。

那一刻，你径直走过来，我的眼睛都亮了。可我们还是就这么擦肩而过，连个招呼都没打。为了避免尴尬，我低下了头，可内心是多么想多看你一眼。

第三天，你带我见了你所谓的男朋友，我看到他竟然一点反应都没有，甚至不觉得他是一个威胁，因为他怎么看也不像你男朋友。我们四个人一起去看了一场电影，坐在第一排。我的心完全不在电影上，眼神一刻未曾从你的身上移开。可你不像以前了，以前你会主动拉着我的手看电影。

看完电影，我们去逛街，我和你在后面走，你男友和他朋友在前面。你看到一件很漂亮的衬衫，脱口而出："我买给你吧。"那一刻，我的鼻子酸酸的。我至今还留着你送我的那件衬衫，虽然已经被弄上洗不掉的油渍，只因为是你送的。

因为买不到票，我不得不多待两天。你怕我一个人在酒店孤单，就建议出去玩。临出发前，你第一次带我进了你的房间，那是在我们视频通话时无数次出现过的房间。没想到，在分手之后我才能亲眼见到。

我假装要去卫生间，只是为了在你生活的地方尽可能多待一分钟，多看几眼。你匆匆地换好衣服，喊我快下楼，因为下面有人在等我们。我走在前面，你跟在我后面。我突然停下转身，你猛地撞了上来，我亲了你一下。你害羞地打了我一下，说："我有男友了。"我竟不假思索地回了一句："没关系。"

整个路上，你为顾及我的感受，尽量岔开影响我心情的话题。晚上休息前，你给了我一件圆领短袖，因为你知道我睡觉喜欢穿着睡衣。也就是那一晚，我从睡梦中哭醒了。你睡觉喜欢摆大字形，喜欢吃榴梿，不喜欢吃辣，不喜欢吃鸡肉……我也因你的喜欢而喜欢，因你的不喜欢而不喜欢……

你的种种，我都记下了。

我们是 2014 年 9 月 6 日认识的。

我清楚地记得，我和你说的第一句话是："节日快乐！"你回了我："同乐！"

那次的聊天记录，我截屏一直保留至今。

这次我们两个见面都是微笑着的，似乎像刚认识的时候那么温暖。好像什么都没有发生，我们在一起的时光总是那么的快乐和幸福。

你男朋友对你说，如果不是他的出现，我们可能还有机会复合。

你说："我们的感情搁浅了太久，在我以后的日子里，想必一定会感到些许的后悔，后悔没有好好再珍惜你一遍。人都会变，我想我也会付出代价！请你一定要珍重，至少爱过，至少疼过。"

见到你，看到你好好的，我就知足了。到了机场，你要下车，我说："你不用下车了，我自己走！"因为你一向特别讨厌送人。以前我总是让你送我到火车站，这次就让你做一次你自己！我走了！头也不回地走了！

我还想对你说："我们还有一个'儿子'，你还记得吗？"一个你在地摊上花二十块钱买的小玩偶。我把它交给了你的一个朋友，拜托她转交给你。

其实，我真的舍不得我们的"儿子"，在这次出差的每个晚上，我都抱着它睡。因为看着它，我就会想起你！既然你离开了，就让它陪你一起吧。

心会痛。心之所以会痛，是因为亲情、爱情、友情，我们都动了情。不是不愿放手，也不是不甘心，只是因为动了情。爱情是什么？是执子之手、与子偕老的陪伴。既然我做不到，那就让他人去替代吧。愿你一切安好！一切！

有人说，爱情里最好的心态就是：我的一切付出都是一场心甘情愿，我对此绝口不提。你若投桃报李，我会十分感激。你若无动于衷，我也不灰心丧气。直到有一天我不愿再这般爱你，那就让我们一别两欢，各生欢喜。

我，就是讲述人，李光凯。

有一个地方，我们曾一起去过

那天，北京南站，下雨了。

你找不着路，我打车去接你。

我记得，你的行李箱是紫色的。

吃饭时，你给我夹了一筷子菜。

我说，我的食量挺小的，你多吃点！

那天，颐和园。下雨了。

有点冷。

不知道我们为什么跑去那里。

你把书包背在了前面，穿上雨衣后的你像一个孕妇，居然还要我给你拍照。

你不知道，我拍完转身就给删了。

那天，上海南京路。下雨了。

也有点冷。

丢三落四的我那次忘记带皮带。

你急中生智，把你的借给我了，反正别人看不见。可是……

在南京路上，你背着包，我们拍了几张合影，每一张你的表情都那么严肃。

那天，宁波鄞州区。下雨了。

我们穿多了。

搭乘公交车来到宁波诺丁汉大学，可门卫不让我们进去。

即使我们撒谎说是来看朋友的也不行。

那只能在校门口拍几张合影。

那天，我们在机场分别。下雨了。

你坐在车的副驾驶，我下车了。

而你，并没有回头。
那一次的分别，我们就成了陌生人。
我们没有合影。

再见你的时候，晴天。
没有雨水，只有泪水。

有一个地方，下雨天。
我们一起去过。
去的时候，我们是恋人。
回忆的时候，我们是陌生人。
仅有的，是我们的合影。

谢谢你，来过我世界 *3*

轻轻地，把你送回人海

《普通人》 好妹妹乐队

/ 你就把我当成你口袋里的一颗糖，饿了就拿出来吃。
　　——记青海之旅

有时候你会抱怨这个社会的竞争太残酷，然而吃得苦中苦，方为人上人。

有时候你只想找一个人，说一路的真心话，却奈何茫茫人海不知取哪一瓢。

有时候你生活在北京这个大城市里，被百万人围绕着，内心仍滋生出一种清冷。

你尝试着靠自己的力量去改变。

可有些改变不是你上完厕所洗完手关上水龙头那么简单，有些改变是需要你慢慢和它磨，一年、两年、五年……磨平了你的棱角，磨白了你的鬓角，磨糙了你的皮肤，磨干了你的泪水……

在北京，许多人都曾不知所措。这座城市的一幢幢高楼，一层层房间，一排排窗口，有的暗着，有的亮着，里面行走的都是你能看见却无法触碰的人。

京城米贵，谁都不易。多少强颜欢笑的背后，都是牙关紧咬。能来北京，给了满山一个希望，又让满山一次次感觉到失望。现实中有那么多人活得是那么的卑微，那么的没有存在感，甚至连爱情都不配拥有。人生百态，丑陋与肮脏，高贵与圣洁，没有彼就没有此。

我们抗争着，我们妥协着，我们嘶吼着，我们醉了，我们哭了……

一天早上，满山和工作日一样，准点搭乘公交车去单位。虽然是周末，公交车上的乘客很少，满山还是习惯性地在后排找了一个靠窗的座位，认真地看着外面与他毫不相关的一切。

看累了就闭上眼，听着公交车上报站的声音睡会儿。

在等红绿灯的一个路口，满山醒了，睁开眼，往窗外瞧，看到马路对面的人行道上有一个年轻人正低着头发传单。他站在那儿很有礼貌地往路过的行人手里递传单，满山默数了一下，路过的二十个人中只有两个人接他手里的传单。面对有些穿着光鲜亮丽的路人，他刻意把头低得很低，传单都不敢递出。

在北京，我们渐渐熬出了胡茬，熬出了大肚腩，熬出了眼角的褶子，熬出了酒后的一行热泪。一个个想做主角的人最终成了他人的配角，他人的陪衬。不管是认命，还是抗命，谈笑间，一生飘忽而过。

满山为梦想来到北京，刚来时甚是孤独，而越是孤独，越难以适应这个社会的潮流。即使默默无闻地走在街上，他都感觉自己暴露在无数双眼睛的注视下，不敢抬头，甚至对别人的目光都那么的敏感。梦想，在他心中，仅仅是一个简单的词语，他不知道如何将这个词语幻化成一股指引他前进的力量。

满山早已不记得通过什么途径认识了一位自称某传媒大学客座教授的人，这个人给满山发消息、打电话，想让满山当他的助理，跟满山讲那些他知道的名主持人的八卦。

从小就有主持梦的满山对这些他心目中偶像的故事颇感兴趣，只要一说到主持，满山的眼睛就会发光，犹如看到了宝石。也因为这，满山和"客座教授"之间有了一点点的信任和依赖。时间过了一个月，聊得多了，这位自称教授的人无数次邀请满山去他家里，满山都拒绝了。

一天半夜，满山正好心情不好，面对这位自称教授的人的再三邀请，就答应了。满山搭乘地铁去找他，在路上越想越觉得不对劲：为什么要半夜去他家里？

不知道是什么原因让满山决定中途折返。他跟那位"教授"说了以后，那位"教授"死活不同意，各种打电话、发短信，还说了一些刺耳的脏话，满山果断把他拉黑。

黑夜多了一丝恐怖。

绿灯了，不要再多想了。

公交车走了，策划会也要开始了，这是满山第一次见到依玲的照片……

故事，就是从这张照片开始的。

翻看满山的手机短信记录，没想到过了那么久他还留着。可能是每次的不经意和每次的不忍心一点点促使他留到了现在。第一条短信是 2014 年 7 月 23 日她给满山发的她的手机号码，接着是如下几条：

【时间：2014-12-16 22:03】

【满山】：银川天气很冷了吧？山西已经零下十六度了。注意保暖，不要感冒。尤其是冬天，北方天气干燥。女孩要爱美的，出门全副武装。哈哈……

【时间：2014-12-18 17:24】

【依玲】：好难过，才看到短信。你最近好像一直在出外景？自己也要注意身体，按时吃饭，按时睡觉，很想念你。

【时间：2014-12-18 17:27】

【满山】：嗯。最近一直出差录制节目，挺折磨人的。不能按时吃饭、睡觉。今早坐车还晕车，觉得沧桑了很多，不过能挺过来。你最近怎么样啊？冬天了，还很忙吗？

【时间：2014-12-18 17:29】

【依玲】：因为不吃早餐所以才会难受，坐车的时候带杯开水喝就会好一些。还有要注意手别得冻疮，现场的时候带双手套吧。公司到了年底事情变得更多，忙习惯了也还好。

依玲是谁？她是宁夏最大牛倌的女儿，在迪拜读的工商管理和金融双学位。她除了会说英语，还会阿拉伯语，现在负责家里牧业公司的电子商务和财务，是一个聪明、伶俐、善良、充满灵气的银川小女孩。

终于来到宁夏银川了。这是满山好"闺蜜"鸽子的第一期节目，这篇稿子鸽子足足改了有一百多遍，每一次修改她都会留稿并标注是第几次。

满山一直觉得鸽子的办公桌位置特别好，靠着窗户，下午的时候就会有阳光穿透玻璃躺在她办公桌上，桌上再摆一些小雏菊、向日葵、转运竹，能增加很多的生机。

如果是晚上，加班累了就可以趴在窗户上，窗外就是央视七套的一号楼，也就是主楼，还会看到泛黄光的央视七套的标志。看着它，想想自己能来到这里也不容易啊，也是很优秀的，就给自己打气，继续加班写依玲的稿子。

有一天鸽子实在改不下去了，就在办公室里大声哭了起来。已经改了一百多遍了，难道是领导故意折磨她？领导是个变态吗？领导有病吧？！还是领导对依玲这个嘉宾有意见？

其实，每一个人都是这么过来的，有时改稿子能把自己改得体无完肤。理想很丰满，现实很骨感。

满山特别能理解鸽子的心情，便指着依玲的照片打趣道："既然领导对依玲的稿子不满意，那就换人，把依玲介绍给我。""我觉得行！哈哈……"虽然是句玩笑话，但从那时起，依玲就莫名其妙地成了满山的女朋友。同事们每次听到银川两个字，就说满山女朋友在银川。

终于来到宁夏银川，鸽子的故乡。所有的招牌菜、特色菜让大家大饱口福。喂饱这些吃了这一顿下一顿还不知道在哪儿的人就要开始工作了。听说第一个要见依玲，满山心里竟然有点紧张，专门回房间换了件好看的外套，还打理了一下自己的发型。

第一眼见到她，她没有浓妆艳抹，穿得很清新，蓝色长裙，很有灵性，声音很好听。满山抱着自己的电脑傻乎乎地坐在领导旁边，时不时抬头看一眼，眼神突然的交汇让满山有点不知所措，赶紧若无其事地低下头敲键盘。整个采访，满山不知道自己电脑上都记了些什么。

满山真正开始和她接触是在对稿子的时候。对稿子的地点在满山房间，一忙完，满山就回到房间把床铺得一点褶皱都没有，把内裤和袜子混在一起的行李箱合上放到角落，把屋里所有的灯全部打开。

她来的时候已经晚上八点了，满山还没吃晚饭，她主动给满山带了吃的，好像是鸡米花。趁着满山吃鸡米花的时间，两个人简单地聊了一下。

她比采访的时候活泼很多，会说话的眼睛透露出心灵的清澈，会撒娇的性格也让人觉得很舒服。满山说话也很温柔，害羞得像个少年。

她突然的一句话让满山感觉她是这个世界上最了解他的人："你的眼睛里有梦想的光！"

就是这句话，让满山瞬间把她从一个节目的嘉宾划归于朋友的范畴。有时击垮一个男人的往往不是一个噩耗，也不是一场灾难，而是一句话，一句揭开你所有面具的话，一句打开你给自己设定的所有结界的话。

就是这句话，让满山毫无戒备地对她呈现那个真实的自己；也因为这句话，满山无法抗拒地满足了她在节目上提出的一些任性的小要求；还是因为这句话，满山对她有了一丝与众不同的好感。

当满山告诉她要把稿子记熟时，她撒娇地说："你把我牵走吧。"满山没有接话，只是说："这些故事都是你自己的，你如实真情实感地讲出来就可以了。"她又撒娇地说："你把我牵走吧。""你快看稿子吧。"气氛显得有点尴尬，满山选择了沉默。

半个小时过去了，满山突然冒出一句话："你没有开玩笑吧？"她笑嘻嘻地说："我没有开玩笑啊。""那，你回去睡觉吧，明天一早你还要化妆录节目，要保证充足的睡眠和饱满的状态。"满山就这样把她撵走了。

其实，她的那句"你把我牵走吧"着实打动了满山，满山当时听完脸很热，却假装淡定地当成一句玩笑话。送走她，满山一个人在走廊里从这头走到那头，也不知道自己在想什么，在纠结什么。

同事们问满山喜欢什么样子的女孩，满山说："人品第一，颜值第二。温柔，有灵性，有个性，又会撒娇的女孩。"而依玲恰恰完全符合这个标准。

节目录制前一晚，准备工作结束以后，满山灯没关就倒在床上秒睡。

睡梦中，满山竟然梦到了依玲，梦到她消失了。节目马上就要开始录制了，她却不见了。满山急得到处找，看到远处有一个公交站台，有个背影特别像她，就以最快的速度往站台跑，眼看就要到了，她却上了公交车。公交车开走了，满山就一直在后面追……

跑着跑着……满山被一句"满山，我的手机丢了！"惊醒。
那时才早上五点一刻，两个世界的场景出现了断崖式的拼接。

满山特别蒙，突然从床上坐了起来，说了一句："我梦见依玲丢了！""你梦得太准了，我丢的不是嘉宾，是手机！"和满山同住一屋的导演刘祥耀穿着短裤苦笑着说。

"啊？"满山半信半疑，觉得刘祥耀是在开玩笑。怎么可能？昨晚睡觉的时候满山还看到他玩手机了，一定是放在某个地方了，或者掉到床下面去了。

于是，满山又躺了下去，回味刚才的梦境，回味那个背影，回味这个梦的意义。

过了一会儿，忽然看到刘祥耀严肃的表情，满山才发现事情有点不对："不会是真的不见了吧？""我骗你干吗？""可能是被依玲拿走了，哈哈……"满山开玩笑逗他。

"你别开心得太早，保不准依玲真的也不参加节目了。"满山瞪大眼睛，赶紧给依玲发了一条消息，提醒她准时化妆。又赶紧跑到卫生间去戴隐形眼镜帮刘祥耀一起找，结果一着急隐形眼镜掉了，满山就趴在地上用手摸。令人哭笑不得的是，隐形眼镜竟然掉在了镜子上面。从那之后，满山就换成框架眼镜了。

满山戴好隐形眼镜后就和刘祥耀一起各种翻箱倒柜地找，床底、被子里、卫生间、垃圾桶、衣柜、其他同事房间，都找了一遍，没有！

这就奇怪了，屋里有三部手机，而且两部都摆在桌子上很明显的位置充电，丢的那一部反而是在床头柜的地上充电，是最不显眼的。

同事们开始有了各种猜想：难道是服务员趁他们睡着的时候进房间拿走了？为什么只拿了一部而不是三部？还有就是他们昨晚睡觉锁门了吗？他们一直有不锁门的习惯。

带着这几个疑问他们来到了监控室。就在调监控的时候，刘祥耀说他好像还丢了一样东西。什么？还丢了一样东西？钱包？不是！那是什么？是桌子上打开的一包烟。

这真是越来越奇怪，越来越难以理解了。是不是可以说偷东西的是个男的？不一定。他们快速地看了一遍监控，没有发现什么可疑的人。

就在这个时候，满山收到了依玲回复的消息："放心，已经开始化妆了。你昨晚休息得怎么样？记得吃早餐哦。"看到这条短信，满山心里暖暖的，看完没有回复就把手机揣兜里了。

马上就要录节目了，他们带着疑惑来到了现场。

节目录制前二十分钟，依玲到了节目现场，仙女般的造型，一袭白色长裙更加突显她的灵气，看得满山一直在舔嘴唇。

后来，他们拍了一张合影，也是他们两个唯一的一张合影。照片中的满山黑黑的，笑得像一个傻子，而依玲美得一塌糊涂。

上场前她再一次问满山："你可以把我牵走吗？"满山开玩笑地说，只要你在讲故事的时候哭出来，我就可以考虑一下。

结果她哭了……

故事的结局，是这样的。

2014 年 12 月 26 日晚 22:25 分，依玲给满山打电话，满山没有接到，后来就短信回给她。

【满山】：亲，刚在看书，没有听到。睡了没？

【依玲】：刚躺下，那会儿就想和你说说话，估计你忙着就没再打了。就是下周要去领证啦。你看书就不要回我信息了，好好学习哈。

【满山】：哇！领结婚证？！是不是太快了啊？婚姻大事你真的想好了？突然觉得好惊讶。

【依玲】：十月十二号认识，决定二月初举行婚礼。哈哈……虽然真的是对婚姻很抵触，但是觉得这个人就是为了和我结婚才出现的。有时候也会被自己吓到，不过想要试一下。

【满山】：不知道该说些啥了。

【依玲】：偶尔除了惊讶也很开心。你也不用担心我会把你牵走咯！估计我结婚的时候你也很忙，但还是想邀请下你，有空来参加我婚礼啊……不许随礼，不许迟到早退，如果你能来的话。晚安啦。

然后，满山再没有回复了。
那晚，满山失眠了……

也许以后，渐渐地，他们就会淡出彼此的记忆。不能成为彼此的那个人，或许是因为彼此根本就不是对的那个人。
至于中间发生了什么，此处省略一万字。
有些记忆不必记录，因为它就像你掌心的纹路，永远存在，越想念，纹路越深。

如果你想问满山有没有后悔，可以告诉你，有那么一点后悔。
满山在酒后微醺的状态下说出了自己的真心话："我是一个普通人，

我也曾经想过，假如我当初做了另外的选择，那我就要牺牲我的梦想，要妥协很多，这样的生活应该也不会很幸福。爱情里如果掺杂太多的牺牲，两人的生活就会很谨慎，为照顾对方的情绪和想法而活得很累。万一哪天支撑不住，之前所有的委曲求全都会变成定时炸弹，稍不留意，就会伤到骨髓。更多的是，我觉得自己不配！罢了，罢了，既然是过去式，就全部封存吧！"

那么好的一个姑娘，就这么错过了。满山从人海中小心翼翼地将她捧起，又轻轻地把她送回人海。

只可惜，人这一辈子，总会错过很多，你喜欢的，喜欢你的……
当爱情来临的时候，你觉得自己不配，不是你不好，也不是我不好，而是我们都没准备好。
当我们都准备好的时候，一切已不是最初的模样。

人海中，遇见你，结伴一程，而后各奔西东。
或许，你以后再也遇不到这样的女孩。所以，彼此要都好好地活着。

开篇的那句话是满山去青海旅游的时候，依玲发给他的。

那是在从青海回北京的路上，有一段高速公路因交通事故堵车堵了很久，外面还下着雨，满山靠窗而坐，一边望着窗外，一边和她用手机聊天。

满山忘记了那段路走了多久，只记得大家把车上所有能吃的东西都吃光了还是很饿，于是收到她的这条消息："你就把我当成你口袋里的一颗糖，饿了就拿出来吃。"

浮生如梦，曾拥有足矣

《最好的安排》　曲婉婷

/ 他说："我没买车也没买房，因为我也买不起，我就想多去看看。
/ 至少在我离开这个世界的时候，我可以对自己说，我没遗憾来过这个世界。
/ 我做了自己喜欢的事情，有过我爱的人和爱我的人，
/ 即使死，也没有任何遗憾了。"

小麦出生在厦门，原本家境还不错，在繁华地段有自己家的小洋房。

不过那已是小麦一两岁时候的事了。

这一切都被他爸的性格和脾气给毁了。他爸吃喝嫖赌样样都会。

结果因为赌博赌输了，他爸就把小洋房卖了还债。

他们一家辗转搬了好几次家，越搬环境越差，到后面只能住在他妈单位分配的房子里。小麦从小没感受到过什么是父爱或母爱，他爸每次喝醉酒或者赌博输了就会打小麦出气。

他从小就是在吵闹声中、在不断变迁的生活环境中度过的。他妈妈结婚时的项链、家里贵重的东西全被他爸赌博输得精光，也是从那时开始，他妈妈被刺激得了精神分裂症。

从小学开始，小麦就很独立懂事，每天独自坐公交车去上学。他从来不会给家人添麻烦，不会像别的孩子那样找家长要玩具。学校要求订阅报刊，他没钱买，就自己躲在角落偷偷哭。

小麦不明白自己怎么会生在这样的家庭，但又不想埋怨家人，只好安慰自己，忍一忍就过去了。他爸因为经常抽烟喝酒得了很多病。他妈精神不好也经常犯病，从那时起，他就要边读书边做饭照顾家人。

妈妈住院他就要在家做好饭送过去，小小年纪的他又不会做什么复杂的饭菜，煮个粥，再买点熟食就够了。亲戚中除了阿姨比较关心、照顾他以外，其他人对他完全不管不问。

所以小麦比同龄人要成熟很多。他告诉自己长大一定要当医生，这样家人看不起病他就可以自己给他们医治。这也是小麦大学想考医学院的原因。

小麦每次遇到困难就自己躲在一边哭，然后咬咬牙忍过去，不让任何人看到。小麦觉得自己可以承受这一切，但谁又知道小麦这个噩梦做了多久。

一直到小麦读高二的时候，他爸因为作为一个男人而无法承担起家庭的重任，天天在家喝五十几度的白酒，最后选择了解脱……

小麦知道他爸的离开对这个家或许是好的，家里从此变得清静了、安静了。

他爸走了，小麦好像松了口气，但还是忍不住在遗像面前痛哭，因为他不知道接下去该怎么办。

那是一种宣泄，也是一种解脱和无助。

他妈受不了刺激，一受刺激就会犯病，出现幻觉，大吵着说有人要杀她。每到这个时候，都是小麦最孤独无助的时候，他只能一边眼泪啪啪地往下掉，一边安慰她："妈妈，别怕，有小麦在，小麦保护你。"

那个时候，他还只是个孩子，一个需要被照顾的孩子。可命运总喜欢跟人开玩笑，一把扼住了他的咽喉。他只能用一双稚嫩的小手努力去扒开。他要呼吸，要活下去。如果他活不下去，他妈妈也就活不下去了。

即使这样，小麦也从来没有抱怨过生在这样的家庭，就算他爸曾经在房间开了煤气想全家人同归于尽。那次，幸好他妈及时抢走了打火机，否则，这炼狱般的生活他也体会不到了。

小麦的童年可以说没有什么快乐可言，他自己也不想去回忆，不想去挖自己的伤疤给别人看。看的人会同情，自己会更难受。有时他也会怨天尤人，抱怨上天的不公，但那也是一闪而过的念头。

小麦不会在别人面前透露自己的心思，也不会轻易说出内心深处的想法，除非是小麦非常信任的人。在朋友面前小麦显得很开朗，但没几个人知道他的内心其实很悲伤。

庆幸的是，小麦的生命中出现了三个女孩。小麦说："她们都是好人，我见过的最好的人！"

第一个女孩，他们是在网络上认识的。

高中生主要的聊天工具是QQ，那时每天晚上，他们都会互相诉说自己当天遇到的人和事。时间久了，小麦把她当成唯一的朋友，有什么心里话都会和她说。小麦很感激她，多亏了她的鼓励和支持小麦才坚持了下来，熬过艰难的高中三年。只是遗憾的是他们始终没能见面，连当朋友的机会也没有。

高考那年，小麦很争气，作为厦门的文科状元考入了武汉大学。家里承担不起他的大学学费，都是靠阿姨的支持，还有他自己大学时候的勤工俭学——去餐馆当服务员，摆地摊卖洗漱用品。

刚进入大学，一个认识很久的朋友知道小麦在武汉无依无靠，就给小麦介绍了他的朋友，也就是小麦真正意义上的初恋。小麦还清晰地记得，那天早上她突然出现在学校门口等小麦的情形。她像一束阳光，让小麦感觉好温暖。

在那三年多的时间里，她一直都很照顾小麦、关心小麦，也让着小麦。只是当时的小麦比较孩子气，也不懂什么是真正的爱情。

他们两个不在同一个学校，一个在武大，一个在华科，但也挺近的，坐地铁二号线两站地就到了。那时他们周末出去玩，她会从地铁光谷广场站上地铁，小麦会卡着地铁停靠的时间点在广埠屯站的第二节车厢门口等，只要一上地铁就能看到傻笑的她。两人默不作声，手拉手紧挨着站着，一直到下车。这已经成为一种习惯，成为两人心中默认的爱的表达。

有一次小麦过生日，她把坐地铁这一幕画了下来，作为生日礼物送给了小麦。画面中有一列地铁，只有一节车厢上面标注了"第二节车厢"几个字，地铁的门开着，她站在地铁里，背着书包张着大嘴巴傻笑着，左手握着把手，另外一只手伸向门外，门外是迈开步伐、头发飞起、伸出手要进入地铁的小麦。因为绘画功底太差，所以整个车厢就他们两个人。这幅画的名字叫"约定"！

毕业了。小麦要回厦门了。

小麦原本可以留在武汉陪她的，也为她放弃了很多优质的工作机会，但是因为发生了一些不愉快的事情，小麦还是决定回来。

而且小麦还有家人要照顾，当时他妈妈自己一个人完全照顾不了自己。天非常热的时候他妈都不舍得开风扇，一个咸鸭蛋可以吃好几天，食物变质了还在吃。小麦每年就回来一次，他觉得自己很自私，只顾着自己的感情都不顾家人……

小麦也曾对她说："如果你不想放弃这段感情，就和我一起到厦门工作。"
她没答应。
或许三年的缘分真的就到了，小麦一个人回了厦门。

等小麦回到厦门，找到工作以后一个月，她来找小麦。也不知道到底是什么原因，小麦坚决不见她。

她从小麦妈口中知道了小麦的下落，找到小麦，一直拉着小麦的手说要挽回。

"我错了。那晚我脖子上的确是吻痕。但是我当时喝多了。"

"那你为什么骗我是在KTV里不小心弄的？"

"我错了。我真的错了。你为什么认为是我主动的？为什么不觉得是我喝多了，被人欺负了？"她说着说着哭了起来。

"不管是谁的错，我的心已经死了，死了的心怎么还能回来？对不起！"

小麦知道他说这句话的时候心也很疼，毕竟在一起三年。这些天，他想明白了，她不能也不会留在厦门，就不要再浪费彼此的时间了。

于是，他扭头就跑上了公交车。看着窗外孤零零的她，小麦流下了眼泪。

他们就这么结束了，再也没联系过。

这段感情小麦花了将近两年的时间去淡忘。

有时坐在公交车上看到似曾相识的场景，想到他们曾经发生的一切，小麦还是会莫名地泪流满面。对小麦来说，要放下这一段感情需要很大的决心和足够绝情。

"你为什么这么绝情？我觉得她是可以原谅的。"我问。

"是的。我从小到大就是一个很自卑的人，一个多愁善感的人，没人疼没人爱。她是一个很善良的人，对我也特别好，还为了我来厦门找我，但是……"他欲言又止。

"但是什么？"我总觉得这里面一定有问题，分手理由听得我莫名其妙、糊里糊涂的。

"其实，我跟她分手的那些理由都是假的。我根本不想和她分手。但是，我曾答应过她爸妈。"

"她爸妈？什么意思？答应什么？"

"其实，我们在一起后的一个月，她爸妈就知道了。我根本没有任何资格当她的男朋友，她爸妈看我人比较老实，没有坏心眼，也比较可怜，就说我们可以在一起，互相有个人陪，但不能做出格的事，大学毕业必须分手。否则，马上让她出国留学。"

小麦答应了她爸妈的要求。

"这么说，你爱上了一个根本不可能在一起的人？"

"是的。我知道我很自私。虽然不能永远在一起，三年对我来讲已经足够了。"

原来，吻痕事件正好是小麦提出分手的一个借口，说要回厦门照顾他妈也是借口，他明确地知道她是不会来厦门工作的。

对她越狠，小麦心里也就越痛，越愧疚。这就是为什么小麦用了两年的时间才走出来，为什么每次回想起来都落泪。

"为什么不试着去争取一下？"我问。

"你觉得我有这个资格吗？"

我沉默了。

分手后的小麦，只能很认真地工作，用工作填充大脑。

突然有一天，一个认识有一年多的朋友找他聊天。小麦很惊讶，客气地与她寒暄。

俗话说该走的你拦不住，该来的你也挡不住。

他们在网上和电话里聊了有快半年的时间，慢慢地彼此有了好感。

她主动提出要和小麦交往，小麦也着了魔似的辞掉工作就跑去找她了。小麦坐了八个小时的大巴到了福建三明市。

见面的那个晚上很冷，小麦一下车她就很热情地靠过来，挽着小麦的胳膊走在街上说带他去吃东西。两个人虽然认识很久，也聊了很久，但这次见面还是让小麦觉得有点不好意思。

在路上，小麦问她："你真的不介意？我现在可是什么都没有了哦。"

她就跟调皮的孩子一样跟他开玩笑："当然介意啊，你晚上去住宾馆吧。"然后就在一旁大笑了好长一段时间，后来看小麦表情变了，马上说："跟你开玩笑呐，带你去吃东西。坐那么久的车肯定很累了吧？"就这样，她变成了小麦的第二个女朋友。

"辞掉工作过去？你是疯了吗？"我说。

"是，我是疯了，我也不知道我为什么要辞掉工作，但我就是这么做了。"

"你辞掉工作，你妈靠什么养活？"

"我真的没想那么多。我们家里每个月会有一些补助金，而且我之前也赚了一些钱。"

那时候小麦 22 岁，她 20 岁。

两个人虽已成年，可心智却不够成熟，心中充满了冲动和疯狂。也只有在这个年龄，才会不计后果地去追求自己喜欢的东西，才会不计回报地掏心掏肺地对一个人好。

如果说第一个女朋友让小麦体会到什么是被爱的感觉，那第二个女朋友就让小麦感受到了爱一个人的感觉。虽然她有时会要小孩子脾气，但小麦觉得感情升华到一定境界就变成亲情了，而变成亲情的时候就是最牢固的时候。

小麦在三明市找了一份工作，两个人过着很平淡的生活。

每天中午两个人有两个小时的休息时间，担心外卖不卫生，小麦都会买菜回家做饭。

小麦最擅长的是煮面配西红柿炒蛋。周末，会做一些可乐鸡翅、排骨汤之类的硬菜。

每次做饭，小麦都会把她关在房间，让她看电视，不准她进厨房，他一个人能全部搞定。

从做饭到洗碗，小麦全包，最后只有二十分钟的休息时间，眯一会儿就去上班。

一年后，小麦希望能通过自己的努力改善下生活，让彼此都过得更好，于是辞掉了工作决定尝试自己创业。这个创业项目也是小麦自己当时的梦想，他想要有一家自己的小店，里面都是一些可爱有创意的小东西。他想让更多人感受到这些小东西给人带来的快乐。

小麦坚持了五年，将一家小店发展成三家很大的门店，甚至在鼓浪屿上都有他的分店。但有得必有失，因为要管理、进货，还要亲自去门店销售、培训，经常熬夜，小麦把自己累垮了。

2015 年 9 月，小麦把所有门店都关了。

不仅仅是因为累了，也因为他觉得自己已经不能像之前那么开心地经营了。他遇到了瓶颈，想好好休息下，再考虑下一步该怎么走，于是选择到外面的世界看看。

"那她呢？你刚才的表述中，只有你没有她。"我问。

"我们刚开始在一起的那两年，生活得很幸福，像一对小夫妻一样居家过日子。"

"后来呢？"

"后来，她走了。"

"为什么？"

"因为她查出得了艾滋病。"小麦哭了，"一天早上，她就一个人走了，什么都没有拿。我不知道她去了哪里。或许在世界的某一个角落，我想去找找看。"

他说："我没买车也没买房，因为我也买不起，我就想多去看看。至少在我离开这个世界的时候，我可以对自己说，我没遗憾来过这个世界。我做了自己喜欢的事情，有过我爱的人和爱我的人，即使死，也没有任何遗憾了。"

谢谢你，来过我世界

《拨浪鼓》　赵薇

／ 何泽宇常常问自己：
／ 为什么我们要不停地回忆？
／ 回忆过去那些痛苦的、伤心的、惆怅的往事。
／ 也许，正是因为过去的遗憾无法弥补，
／ 才迫使你更加珍惜现在。
／ 也许吧，
／ 此刻何泽宇只想好好珍惜她。

曾经的曾经，只能回忆却无法改变。
将来的将来，只能憧憬却无法预知。

曾看过这样一段话，让人心痛。

　　有些人一直没机会见，等有机会见了，却又犹豫了，相见不如不见。有些事一直没机会做，等有机会了，却不想再做了。有些话埋藏在心中好久，没机会说，等有机会说的时候，却说不出口了。有些爱一直没机会爱，等有机会了，已经不爱了。

人生有时候总是很讽刺，一转身可能就是一世。

她，是何泽宇第一个喜欢的女孩。

　　从小学到初中，何泽宇坐了九年第一排，不是因为成绩优秀，是因为真的很矮。那时的他其貌不扬，整天顶着西瓜太郎的发型，到了小学四年级都还有人问他是男孩还是女孩。

　　因为发育比较晚，他一直到初中三年级才开始变声，之前说话声音都是尖尖的。这样的何泽宇自然也不会引起女孩子的注意，更有人给他起外号"娘娘腔"。

可在那个青春懵懂的年纪，一个男孩会不自觉地喜欢上某个女孩。
那份年少的悸动现在虽早已不复存在，但仍然能让人回味不已。

还在读初中的何泽宇觉得自己好像恋爱了。
她比何泽宇高半个头，一头清爽的短发，皮肤白里透红，大大的眼睛时常让何泽宇想起《还珠格格》里的小燕子。

她叫刘飞飞。

在学校庆祝澳门回归的晚会上，她身着水手服，唱了一首赵薇的《拨浪鼓》。这首歌引爆了那场冗长无聊的文艺表演，将整个晚会推向了高潮。她修长的腿，细细的腰身，都显示出那么与众不同的成熟，自那以后，"校花"二字便与她如影随形。

何泽宇也开始偷偷地喜欢她。
比如会故意绕到走廊的另一头，假装不经意地走过她所在班级的门口，偷偷地瞄上一眼。
比如在操场上做课间操时，会趁着做"旋转运动"的间隙，匆匆地往她的方向望上一眼。

漂亮的女孩子绯闻自然不会少，且多是不好的绯闻，但不论怎么样，她在何泽宇心里永远都是那么纯洁、美丽。

初中每天三点一线的生活对于十四五岁的何泽宇们来说不免有些单调。那时候除了一周一节的自由活动课，能在自习时间外出的机会就只剩下一年两次的鼓号队训练了。

学校每年都要举办两届运动会，春季和秋季运动会。可能是因为何泽宇底盘低、中气比较足，他打小小号就吹得比较好，所以顺理成章地被选进了鼓号队，在众人羡慕的目光中享受在运动会召开前一个月，每周三次的鼓号队排练。

小俊是何泽宇初中认识的第一个朋友，他俩同在鼓号队，且在同一个班级，同样因为个子矮被排在了第一排。但是他不像何泽宇这般腼腆，他天生就是一个捣蛋鬼。

在食堂吃饭的时候，他会突然拿出鞋垫扔到女生的餐盘旁边；会趁老师不注意用签字笔在老师棉袄上画画；自习课把黄瓜和辣酱拿出来当零食吃。诸如此类的事情比比皆是。

运动会前的最后一次排练，中间有小范围的自由活动，何泽宇就跟小俊去操场围墙边玩双杠。这个区域比较隐蔽，他俩时常在这里说话。

他们聊了一会儿闲话之后，突然就进入了"喜欢的人"这个话题。

小俊趴在双杠上笑眯眯地问何泽宇："你有喜欢的人吗？"
何泽宇心中打了一个激灵："没有。"

小俊哈哈大笑起来，扶了一下他那个用透明胶粘着的眼镜。这已经是他这个学期的第三副眼镜了，他妈说如果再弄坏就让他闭着眼读完这学期。

"没有？其实我早就知道了。"他笑着说道。
"不可能！"此话一出何泽宇自己也后悔了，这不就等于承认自己有喜欢的人了吗？

"我既然说知道，那便是有根据的。"
"你有什么根据？"
"你还记得上周末来我家住的那次吗？"他故作神秘地问。

何泽宇偶尔会去小俊家过夜。小俊是单亲家庭，跟爸爸住一起，他爸爸偶尔会值夜班，这个时候小俊就会借口一个人在家过夜害怕让何泽宇去他家。

何泽宇虽然家教比较严，但小俊这小子嘴巴特甜，给何泽宇妈妈哄得特别受用，所以一般对小俊这种要求，何泽宇他妈都会采取默许的态度，还会额外给何泽宇两块的早餐钱，叮嘱他早晨要请小俊吃早餐。但是这两块钱往往当天晚上就被他俩消灭在游戏厅中。小俊一个人玩，何泽宇则在一边看得津津有味。

"那天？怎么了？"何泽宇追问道。

"那天早晨你说梦话了，还喊了她的名字。"他偷偷地打量着何泽宇，继续说道，"唉！兄弟，我只能说同情你喜欢上了一个不该喜欢的人。"

"啊！我……我真的说我喜欢飞飞了？"何泽宇迷茫地看着他。

他一愣，故作沉着地跟何泽宇说："你也知道这样没结果吧。"

"她真的是他们说的那样吗？"

小俊没有回答何泽宇的问题，只是说："你知道我爸最近给我报了个心理辅导课吧？"

"有什么关系吗？"

"当然有关系了，跟你说上课的钱可不是白花的，一节课一百块呢。"

何泽宇点点头，没说话。班里只有三个人报名，他是其中一个。

"第一节课老师让我们把心中的恐惧写在一张纸上，装在火柴盒里拿回家埋掉……"

"为什么？"何泽宇打断他。

"听我说完，这个活动被称为'不可能之墓'。"

何泽宇好像听懂了他的意思，但又不明白他说这个跟飞飞有什么关系。

"然后呢？"何泽宇忍不住问道。

"然后，你就能克服心中的恐惧，好运也会随之而来，'不可能'已死，'可能'即将重生。"小俊说得煞有其事，前一秒还在笑他爸是个冤大头的何泽宇突然之间觉得他说的好有道理。

他见何泽宇陷入了沉思，接着说："作为兄弟，我自然希望你能将'不可能'变成'可能'，所以择日不如撞日，今晚你来我家吧，做一个你的'不可能之墓'。"

多年以后何泽宇还能回想起那天晚上他忐忑的心情。那晚，他跟小俊拿着手电筒来到他家屋后河边的小树林，胡乱地刨了个坑，算是完成了他的"不可能之墓"。

火柴盒里装的是一段何泽宇和刘飞飞的爱情故事，是他俩从相识、相知、相恋、相伴到老的一段心路历程，当然前提是这是不可能的。

那晚过后，天真的何泽宇以为事情就这样过去了，好运在第二天就会接踵而来，不想等来的却是……

课间操的时候，小俊跑来偷偷告诉他，昨晚他趁着何泽宇睡着偷偷溜回河边把信挖了出来，现在已经装在信封里托人送到了七班。

没错，飞飞在七班。

何泽宇第一次气得失去理智，把小俊按在地上死死地掐住他的脖子。这一幕恰好被在走廊巡检的教导主任抓了个正着，于是他俩被带到教导处训话。

那天何泽宇跟小俊算是彻底闹翻了，在教导处相互揭短。何泽宇一五一十地把小俊如何骗他的事情和盘托出。

他们的教导主任是个比较和蔼的人，可能出于正确引导他的原因，就问何泽宇："那你为什么喜欢刘飞飞同学呢？是不是因为她有什么优点呢，比如学习好、品德好之类的？"

何泽宇当时就感动得痛哭流涕，使劲冲着他点点头说："是的，我喜欢刘飞飞是因为她学习好、品德好。"后来教导主任把他们交给了班主任。他们班主任在班里公开教育何泽宇，搞得整个班都知道何泽宇喜欢刘飞飞了。后来，又一传十，十传百，差不多全校学生都知道了。

后来无论走到哪里，何泽宇都感觉有人冲他指指点点。"他喜欢刘飞飞，哈哈哈……这个土豆。""哎，就这个娘娘腔还表白刘飞飞！"

那段时间何泽宇跟小俊一句话也不说。下课除了去厕所，何泽宇也基本放弃了所有课间活动，直到那天何泽宇回到座位看到桌子上有一个粉色的信封。

拆开来之后，里面有一张带香味的信纸，印着F4的照片，还写着简短的两句话。

放学半个小时之后，车棚。有话跟你说。——刘飞飞

拿到信的何泽宇就像一个濒死之人抓住了一根救命稻草，她终究还是被感动了。

那天放学之后的30分钟，是何泽宇有生以来最煎熬的30分钟。平均每隔几秒钟他就会看一眼电子表。时间啊，麻烦你走快一点。

学校的车棚在教学楼的后院，旁边就是锅炉房。锅炉房的院墙外面就是马路，听说经常有人偷偷地从这里翻墙逃课。秋天那会儿还没有供

暖，锅炉房也就一直闲置着，放学之后的车棚空荡荡的，只剩下几辆自行车。

天色渐黑，有那么一点瘆人，何泽宇左顾右盼地等了一会儿，还是不见人影。很明显是有人恶作剧，他感觉自己的心脏像是被谁狠狠地捏了一把。就在何泽宇正要准备回家的时候，她出现了。

她看何泽宇的眼神很奇怪，只淡淡地说了一句："你这人真傻。"

何泽宇正踌躇着不知道怎么回答她，就听到"嗵"的一声，从锅炉房的院墙外跳进来几个人。

没有过多的交流，何泽宇只听见一句"癞蛤蟆想吃天鹅肉"就被打倒在地。他记不住有几个人打他，只知道几个人围着他劈头盖脸地一顿端。这期间他听到飞飞一直在哀求他们放过他。最后他被逼着跪在地上发誓，以后再也不喜欢刘飞飞。

当他跪在地上看着她时，什么都说不出口，不知道是因为尊严还是为了守护心中仅存的那一丝希望。那一伙人抽了何泽宇十几个大嘴巴之后扔了一句"以后离她远点"便走了。

何泽宇没有走，他趴在地上哭了好久好久，哭到喘不上气来。

她却突然间折了回来，对何泽宇说："对不起。"

何泽宇狼狈地看着她，她挥了挥手，随即转身消失在他的视线中。

自那以后，何泽宇便把她当成了自己的女朋友，初中四本日记，每一页纸都写有她的名字。

那时，何泽宇书包里每天必放的，就是这个日记本。

从何泽宇被打的那天开始，他的日记里就全是对她的思念和所有能想到的他们在一起的假设。

因为她只存在于何泽宇的幻想里，这一切都不可能实现。

初三那年她转学了，那个时候没有手机，他们就这样断了联系。

说来奇怪，进入高中以后，何泽宇开始以每年一厘米的速度缓慢生长，居然一直长到了23岁，不得不说何泽宇是"大器晚成"的代表。

23岁那年，何泽宇已经从当年那个豆丁大的"娘娘腔"出落成一个公认的帅哥，嗓音也变得有磁性。可能得益于那时候在鼓号队的锻炼，他讲起话来中气十足，歌唱得也非常好，再也没有人叫他"娘娘腔"了。

何泽宇也陆陆续续处了几个女朋友，本以为她就像匆匆的过客一样消失在了他的生命中，却在不经意间迎来了重逢。

毕业之后何泽宇按部就班地找了份工作，过着朝九晚五的生活。浑浑噩噩地过了许多年，依然孑然一身。小俊这小子个子倒没有多大变化，却横向发展得厉害，胖得半点瞧不出原来的模样。这么多年，他们依然是好朋友。原来，许多年前，何泽宇和他的关系因为他的仗义又变好了。

那些人把何泽宇打了之后，消失了一周，小俊找了那个领头的一周，说要给何泽宇报仇。终于有一个晚上，他们在学校附近遇见了，小俊对何泽宇说："你不用管，靠边站，我要和他单挑，算还你的人情。"然后，小俊把那个领头的痛打了一顿，他们两个的关系也算正式和好了。

成年后的何泽宇有一次约一个女孩去KTV唱歌，那女孩是第一次出来玩，比较腼腆，就把她闺蜜也一起带了出来。何泽宇一看，肥水不流外人田，就打电话给小俊让他一起来玩。这小子正在跟一帮朋友吃饭，听何泽宇这么一说，二话不说就把他朋友也带来了。

结果一个两人的局一点点演变成八个人挤在一个小包厢里。

何泽宇实在憋得难受，就走出包厢到走廊上，想抽根烟透透气。

这时候一个满身酒气的女人向何泽宇走来。本来已经走过去了，又折了回来，对何泽宇说："帅哥，借个火呗。"

何泽宇给她点着了烟，这才有机会看清她。从她的眼神里，何泽宇看出来她已经完全不记得他了。

她打量着何泽宇，眼神已略显迷离，也不知道喝了多少酒，身体已经无法站直了。

何泽宇轻轻地扶住她，在她耳边轻轻地说了句："飞飞，是你吗？"

她突然间一惊，一把推开何泽宇："你是谁？"然后盯着何泽宇看了半天，又"扑哧"一声笑了出来："你是那个谁来着？对了，何泽宇！哈哈哈……是你吧？"

这时候小俊也恰好探出头来喊何泽宇。

"何泽宇，你小子倒是进来啊……哎！这不是……"

那一晚久别重逢，他们都喝了好多酒。原来约的女孩因为飞飞的到来略显尴尬，找借口离开了。后面发生了什么，就记不清了。只知道一觉醒来她枕着何泽宇的胳膊，在何泽宇身边像个婴儿一样蜷缩着。

那天天气很好，阳光透过窗帘的薄纱洒在她的脸上。她熟睡的样子是那么迷人。何泽宇不敢想象他曾经那么喜欢的人就这样躺在他身边，那种感觉真的非常奇妙。

他们在一起了。

不过不是男女朋友的那种关系，却又像恋人般经常见面、约会。当然也会聊起当年的话题。

她的童年很不幸，父亲早逝，继父是个赌鬼，常常喝完酒赌输了钱回家对飞飞和她母亲拳脚相向。

飞飞十三岁那年，趁着她的母亲不在家，继父强奸了她。飞飞的母亲并不知情，在那以后继父变本加厉，甚至借了高利贷。他最终因为还不上高额利息，入室盗窃被判了三年。

飞飞母女为了躲债来到北方，不想她初三那年继父刑满出狱竟然又找到了这里。飞飞母女当天在出租房内与继父发生了激烈的争吵，飞飞用剪刀自卫导致继父重伤。年满十六周岁的飞飞被判故意伤人罪进了少管所，这一待就是两年。一年以后继父自杀了。

说到这里，她已经泣不成声了。何泽宇并没有问她是怎么一步一步沦落到现在这个样子的，只知道跟眼前这个女孩相比，他们都是幸运的。

何泽宇常常问自己，为什么我们要不停地回忆？回忆过去那些痛苦的、伤心的、惆怅的往事。也许，正是因为过去的遗憾无法弥补，才迫使你更加珍惜现在。也许吧，此刻何泽宇只想好好珍惜她。

她还是走了。

跟当初他们第一次见面的时候一样，只留下一个便签。

　　谢谢你，来过我的世界。不要找我，对不起。——刘飞飞何泽宇没有再跟她联系，但是一直能从朋友圈看到她的消息，这是她留给何泽宇最后的一点点"恩惠"。她走的那天，在朋友圈发了一句话：这样的我怎么配得上才华横溢的他。

过了很久，她主动联系何泽宇，让何泽宇去她的住处，说要给他做饭。

何泽宇拎了一瓶红酒，进门的时候她正在厨房做饭。

她的背影依旧那么好看，让何泽宇想起了第一次见她在舞台上的场景。何泽宇打开网易云音乐，找到了赵薇当年的那首《拨浪鼓》。何泽宇看到她的泪水一颗颗地往下掉，于是上前抱住了她。

何泽宇贴着她的耳朵问她："为什么哭？"
她关掉了打火盘，向何泽宇说道："对不起。"
何泽宇看她楚楚可怜的样子越发的动人，拥吻了她。
良久之后她才对何泽宇说："我要回扬州了。"

何泽宇这才发现卧室里的衣柜已经空了，床边也放着行李箱。
他轻抚着她的头发问道："为什么这么突然？"
她哭着说："我要回去结婚了。"

说不上来的感觉，何泽宇只觉得五脏六腑都被扎了一下。虽然何泽宇很喜欢她，却从未想过要永远跟她生活在一起。

她似乎察觉到了什么，轻轻地拨开何泽宇的手："你如果挽留，我就不走……"

直到今天，何泽宇依然后悔当初没有挽留她。他们就那样匆匆地散去，直到记不清对方的模样。

他们最后一次见面是在她的婚礼上。她的丈夫不高，不矮，不胖，不瘦，不丑，也不帅。普普通通的一个人，放在人群中不是那么的显眼，但是微笑中透着一股子亲和力，很温暖。他们手牵着手走进礼堂，在冷焰火的映衬下紧紧地相拥在一起。

那一刻，何泽宇发自内心地祝福她。

一切恍若隔世，何泽宇站在扬州瘦西湖的石桥上，任凭夕阳透过树叶斑斑驳驳地映在脸上，又慢慢地褪去颜色。他似乎明白了，有些东西，即便再舍不得也要放手，因为我们始终没有办法抓住。

丫头，我王路明喜欢你

《赤道和北极》 刘佳

/ 路明听完这段12分零8秒的录音，整个人已经哭成泪人。

/ 他将床上的枕头丢在地上，靠着墙坐在上面，

/ 一边听一边莫名地抱着手机哭。

/ 曾经关于她的一切一切，全部复活在路明的记忆中，

/ 挣脱了所有的束缚。

/ 路明抱着手机，

/ 听了一遍又一遍，

/ 一遍又一遍……

曾经，路明喜欢一个人，喜欢得梦里都是她的影子。

现在，路明喜欢一个人，一个人吃饭，一个人看电影，一个人逛街。

她跟路明说："对不起。"
路明转身说："没关系。"

原来，路明是可以习惯一个人的，可以不需要任何人陪。
现在的他才意识到，他们最后一次的欢愉，其实是分手前的礼物。

那个时候，她就想对路明说"分手吧"，可看着泳池中肆意的路明，她说不出口。
那次的离别，路明总觉得她哪里不对，却说不出口。她泛泪的眼睛似乎有话要说。

时间已过去快一年，路明每天晚上说话的对象，从她变成了自己的影子。

一天晚上，陪着自己的影子回家，看着忽长忽短、忽左忽右的影子，路明哭了。

冬天，只穿一条单裤的路明蹲在马路边，灯光照出了路明的三个影子。
路明猜想他们应该也不熟悉，要不然为什么不并肩走。一个人走，多孤单。

路明指着地上的影子说："你头发长了，该理发了！"
影子好像没有听懂路明说的话，愣愣的，没有一点反应。
路明恼火了。

走着走着，墙面上又有了影子，路明看着他说："你是她派来跟踪我的吗？回去告诉她，我过得很好！"然后，转身向着光的方向走去，影子倒下了。

回到房间，打开卧室门，看到床上的影子，路明怒气冲冲地吼道："滚开！这是以前她躺的地方，你一边去！"

然后，路明看着那一抹青色，想到了她熟睡的样子……

没忘记，是因为太在乎。一次次刷新，让自己把那段记忆一次次重写。

困了，路明侧躺着对着自己的影子说了一句："晚安！"

梦醒后，依旧是现实，无色无味的现实。

暗恋，也是同样的道理。不敢吐露心声，是因为怕戳破后变成路人。

［1］请转告她：王路明爱丫头，永远！

王路明已经不记得去年的5月20日，他们分别是在哪里，只记得当时给她发了一个红包。她问路明为什么发红包，路明回答今天是"520"。

"520"这组数字，对于她来讲不仅仅是一个爱的表达，而且是一串有生命意义的数字。

她淘气地说，如果在大街上看到男生马上躲，因为路明已经把她收买了。

所以，后面路明总是会不规律地给她发红包。红包上每次都写着：丫头，我王路明喜欢你。

今年的5月20日，路明在四川出差，晚上一直忙到十一点才回到自己的房间。回到房间后，路明躺在床上休息了五分钟，伸个懒腰，准备给手机充电。打开微信，收到了两条信息。一条是"谢谢你！"，一条是电台的一段录音。主题是"520"特别版节目《一生中最爱》，录音内容是路明写的他和丫头的故事。

路明记得这个朋友在朋友圈发了一条消息，问谁有推荐的爱情美文。路明留言：可以发自己写的文章吗？得到肯定的答复后就把文章发了过去，真没想到会在"520"当晚收到这位朋友制作的录音。

路明和这个朋友只有一面之缘，已经不记得他的音色，也不记得他长什么样子，甚至不知道他是从事电台主播工作的。

满怀期待的路明点开了这段录音，开始的音乐就深深吸引了他，应该是云南普者黑特有的少数民族音乐，带路明进入了一个很空灵的世界。

路明听完这段12分零8秒的录音，整个人已经哭成泪人。他将床上的枕头丢在地上，靠着墙坐在上面，一边听一边莫名地抱着手机哭。

曾经关于她的一切一切，全部复活在路明的记忆中，挣脱了所有的束缚。路明抱着手机，听了一遍又一遍，一遍又一遍……

本想着放下那段记忆，藏起来，埋起来，锁起来，封起来，没想到却被这段录音轻而易举地释放出来。整个人如烂泥一样，泪眼婆娑地瘫在了回忆中。

路明特别讨厌自己此时此刻的状态，甚至还把悲伤传给了身边的朋友。他把这段录音发给了一位朋友，朋友说："耳朵里面都灌满了泪水。那个，她看了这个吗？"路明说："没有。"

"你为什么不发给她？"路明回答："何必打扰。""你这四个字，看得人好心酸啊！白天乱哄哄的还好，一到晚上，只剩下自己，所有的情绪就都上来了，白天是压着。""这是一段时间不能风化的记忆，我想像保存化石一般呵护这段美好的记忆。"这是路明内心最真实的想法。

整个晚上，路明的耳朵里都是这段录音。他就这么戴着耳机躺在床上一直听，一直听，没有一点睡意。

要不要起来去跑步？要不要做仰卧起坐？路明选择了后者，可做了一会儿，还是睡不着。怎么办？起来去大街上跑步？不行，路明告诉自己，明天还要工作，明天还要工作……就这样慢慢地熬过了一个晚上。

第二天晚上，路明做了一件让自己特别后悔的事情——把那段录音给她发过去了。等路明意识到的时候，已经撤不回来了，他只好趴在床上继续一遍遍地听。

过了一会儿，微信突然提示有新的好友添加请求，他看了一眼，是她的朋友，就通过了添加。

"某人要我转达你：她过得很充实，心里一直以来对你有愧疚，希望你好好的。你知道，她心里一直装着另外一个人。"路明盯着这条消息看了好久好久。

分手后，她曾多次出现在路明的梦里面，路明一直相信她还在他身边，可这条消息一下子把他打回了现实。路明就这么看着手机，许久没有回复。

实在不想一个人在房间里待着，路明就戴上耳机出去了。他一边走，一边听录音，安静的街道让他放松了下来，然后他回了一句："请也帮我转告她：王路明爱丫头，永远！"

路明不知道自己这个晚上到底做了什么，发生了什么。一个没忍住就发出去的配音，让原本平静的心变得躁动起来，记忆如溃堤一样向路明涌来，路明变得脾气暴躁，变得会骂脏话。

路明甚至还给她打了电话，简直疯了。电话通了，她并没有接。

在感情当中，如果你觉得对一个人有愧疚，那只能说明你根本不够爱他。因为如果你爱他，就不会让愧疚延续，你会将愧疚转化成爱去擦拭他的伤口，要知道生命中有一个爱你的人多不容易。

散步回到酒店房间，电视里正在播《刀客家族的女人》，其中的八妹喜欢三哥，三哥也深爱着八妹，但彼此不能表露。唯有在枪林弹雨的战场上，在生命危急的紧要关头，才有勇气吐露自己的心声，因为害怕没有机会说出口，害怕就这么带着遗憾离开。

看到这个场景，路明想起了她。路明曾经想前半辈子不能陪她一起，后半辈子就养她！

如果她有什么不测，他一定会第一时间出现在她身边，不管现在在她身边的人是谁。

路明只想这样义无反顾地付出，拿他的爱来狂轰滥炸。睡不着，点了小龙虾外卖，喝着啤酒，吃着小龙虾，看着电视，心里却想着另外一个人。假如……如果……我不是……

路明是那么的矛盾和纠结，英雄气短，儿女情长。在"情"字面前路明承认根本难以玩转它。老人们都说：男子汉要拿得起放得下，不能沉溺于漩涡中出不来。

路明想赌上他整个人生去爱她。朋友说你会爱上其他女人的。

可爱上一个人不容易，忘了一个人更不容易。

［2］丫头，等你分手了，我再来爱你！

下班，吃完饭去理发。理完发，下雨了。路明背着包一路小跑到咖啡店，又坐到第一次来的时候坐的位置，点了一杯第一次来的时候点的摩卡。

对面坐的还是同一个人，聊了大约一个小时。

内容关于梦想和未来，然后两人各自转身。

就在回宿舍的路上，路明脑子里迸出这样一个念头：丫头，等你分手了，我再来爱你！

路明知道这个想法在别人听来是多么的可笑，而有这个想法的人又是多么的可怜。

但是，你有没有遇到过那么一个人，他/她所有的喜怒哀乐，都会影响到你的心情。

路明再次回到单位，坐在单位的电脑前，写下了下面的文字。

有的时候，只有在分手之后，
你才知道自己是多么地爱一个人，多么地离不开一个人。

有的时候，只有在分手之后，
你才知道你自己曾经做的那些愚蠢至极的傻事会伤一个人的心。

有的时候，只有在分手之后，
你才知道其实当初你并没有像你想象的那般爱他，你做的还远远不够。

有的时候，只有在分手之后，
你才会意识到你们认识是在哪一天，意识到你曾经许下的承诺还没有实现。

有的时候，只有在分手之后，
你才会想要百分百对她好，百分百让她开心，百分百让她那颗心留在你那。

有的时候，只有在分手之后，

你才会意识到记住她的生日对于她来讲是多么的重要，即使再忙也应有所表示。

当一切你都意识到、认识到的时候，
转身才发现，身边已没有那个人了。你百感交集。
每天你都会被曾经的美好片段刺激。
你在聆听别人的故事的时候，也会不自觉地走神想到那个人。

当你看一部爱情电影的时候，
你会发现电影中男女主角身上有你和她的影子，你在幻想对方是因为爱你才离开你。
当看到女主角为了不成为男主角事业上的障碍而主动离开的时候，
你在想她的一切背叛都是她一手设计出来的。

每次经历恶劣天气的时候，
你都会不自觉地查询她那里的天气。明知道她不会回复你的消息，还告诉她出门记得防晒。

现在王路明最怕听到两个字——老师，
从小到大都离不开的字眼，现在已经深入骨髓，这辈子既爱又恨的一个职业。

总会无可奈何地想起她。她出现在路明的键盘上，
出现在路明手指尖，出现在路明所有的视线范围内，即使闭上眼都是她。

当吃到好吃的料理，都想着要是有机会一定带她吃。
看到一处好的风景，也想着带她一起来看。

夜已深，还在办公室码字的路明打了一个哈欠。

看看电脑右下角，已经零点过十四分了。

会议室里，还有一个同事在辛苦地加班。

外面还在下着雨，比路明来的时候更大了，没有带雨伞的路明想着该怎么办。

同事打开窗户，贴着窗户往外看，好大的雨，着急怎么回家呢。家里的小孩已经熟睡了。

明天周五，度过明天就是周末了。想想周末，很开心。

再想想，这个周末该怎么过才有意义。

如果有丫头在，那会不会更快乐？

想到这里，路明又一屁股坐在了电脑前。

丫头，我王路明想对你说：

等你分手了，我再来爱你。

一句既痴情又懦弱的话，可能也说出了很多人的心声。

等你分手了，我再来爱你。

带你一起吃我新发现的小吃店，带你看我新看到的风景。

等你分手了，我再来爱你。

我会记住你的生日，记住你的喜好，任你打和骂，都不还手。

等你分手了，我再来爱你。

带你去上海迪士尼，看我们说好要一起看的电影，实现我们彼此的约定。

等你分手了，我再来爱你。

我会唱歌给你听，将自己的内务整理得整整齐齐，按时洗床单、被罩。

等你分手了，我再来爱你。

有人问我为什么还不找女朋友，我说没人看上我，其实是舍不下你，你就是我的咒语。

丫头，请允许我再说一遍，

等你分手了，我，王路明，再来，爱，你……

还记得我们初识的那场景，还记得我们分手前的那约定。

还记得你在耳边的百般叮咛，还记得公交车上的你前我后。

你说我们搁浅了太久的感情，我说我还想再爱你一世三倾。

我已无法从记忆中清醒，带着你的呼吸让我一遍遍幻想。

多想回到我们初识的场景，让我再一次把你拥入怀里抱紧。

多想让搁浅的爱情变水晶，爱你的心不会变冷冰。

还记得你回头看我的诧异表情，你周围偌大的世界都安静。

还记得你离别时的那一行眼泪，从此我深陷无法自拔的感情。

你说不喜欢我偶尔幼稚的心灵，我说坦露的内心不能有杂质。

你说今天情人节我们分手吧，我说这一点都不好笑。

多想活在自己的梦里不再醒，没你的世界就没有天晴。

多想再听你对我说一遍神经病，因为你就是我王路明的命。

曾经路明喜欢轰轰烈烈的爱情和人生，现在路明喜欢平淡如菊的生活，看着时间在路明周围萦绕，它追路明，路明追它。马塞尔·普鲁斯

特在《追忆似水年华》中写道："一个人睡着时，周围萦绕着时间的游丝，岁岁年年，日月星辰，有序地排列在他的身边。"

王路明和丫头是在网络上打游戏认识的，一个在成都，一个在上海。那时的丫头在成都开了一家很小的书店，取名"嘿！我是丫头"。而王路明在上海是一位时尚编辑，偶尔出差。

丫头很喜欢路明，路明也很喜欢丫头。但他们两人之间做了一个有趣的约定：从路明追她的那一刻开始，丫头店里的书卖出五百二十册的

时候，她就答应做路明的女朋友。

所以，每天王路明的手机上总会收到一连串的数字：第一本、第二本、第十本、第六十本、第一百零一本、第五百本……他会回一个：好的。好的。好的。两人感情逐渐升温到沸腾。

卖到第五百二十本的时候，他们见面了，相爱了。丫头送给了王路明一个礼物，是书店卖出的第五百二十本书，马塞尔·普鲁斯特的《追忆似水年华》。王路明也送给丫头一个礼物，一张迪士尼的门票。

两个人的第一个情人节分手了……

如果在一起，会怎样？

《怎样》 戴佩妮

/ 如果我们现在还在一起会是怎样，

/ 我们是不是还是深爱着对方，

/ 像开始时那样，握着手就算天快亮。

/ 我们现在还在一起会是怎样，

/ 我们是不是还是隐瞒着对方，

/ 像结束时那样，明知道你没有错，

/ 还硬要我原谅……

"我要跑五次场才能给他买一双鞋。"她说。

"那时候跑场这么便宜？"

"三百或者五百块钱一场。我大一的时候更便宜，才两百……"

将手机录音功能打开，放在床旁边的小桌子上。我、刘祥耀、朱晨晨三个人刚采访完嘉宾，盘着腿坐在那里聊各自的感受，不知怎么聊着聊着，话题就转移到了编导朱晨晨的感情经历上。

不知道她是否注意到我录音的这个动作。我也不知道自己当时怎么就打开了录音功能，或许是职业习惯吧。第一次采访自己的同事，不对，这么说不够确切，应该说是第一次以倾听者的角色采访自己的同事。

我和刘祥耀两个人就坐在那儿，听同事朱晨晨讲她的故事。

她第一个男朋友是她的大学同学，两个人谈了四年。

这段故事我听了好几遍，听完之后只说了一句话："世界上竟还有你这般的好女子。"

她对待男朋友，好得让人惊讶，最后却拱手让给了别的女人。

因为他爱看足球，她也逼迫自己去看足球，最后球场上的比赛规则她一清二楚。

因为他不爱上课，她就替他去上课，老师点名她答"到！"。期末考试，老师才发现原来真人是个男的。

他的大学作业全是她来写，爱屋及乌，到最后变成他们寝室的作业都是她来写。

每次考试，她都是第一个交卷，为的是跑出考场给他发答案，结果最后只有她挂科了。

在校园里，她看到一个女生坐在他的自行车后面搂着他，装作什么都没看见。

她用自己辛辛苦苦跑场赚的钱给他买了一辆摩托车，他却从未带她兜过风。

他在校外租房住，她就像一个保洁一样，不定期地去给他打扫卫生，洗衣服，换床单、被罩。

即使毕业工作了，她也会在周六坐几个小时的火车去给他收拾房间，周日再赶回去。可每次她去的那个晚上，他偏偏都不在家。

有一次，她站在门口，给他打电话。屋里的电话在响，可就是没有人接。她在门口守了很久，就那么远远地守着。几个小时过去了，她看到一个女生从他的屋里走了出来。她背过身去，收到一条短信："我刚刚在睡觉，没有听到。"她就假装若无其事地回道："没关系。我刚刚只是路过。晚饭吃什么？我给你做。"那个女生是她的好闺蜜……

大学毕业，他没找到工作，她帮助他找了一个在高中担任体育老师的工作。

即使这样，他还是每天和她的闺蜜在一起厮混。

她选择了退出，不争不抢，给闺蜜发了消息："替我好好照顾他，祝你们幸福。"

"看我以前是不是很可爱？是不是？这个裤子、帽子是我男朋友送的。"

朱晨晨拿着她大学时候的照片给我们看，那个时候她的脸还没有现在这么圆，而且很瘦，长头发，很可爱。就是照片上的这个女孩，心甘情愿、不计回报地为前男友付出了四年。那四年，她就像一个傻子，活在一厢情愿里。

朱晨晨大四就去了地方电视台实习，担任现场礼仪、户外主持、节目编导。

她说制片人把她招进去是因为觉得她长得像他的初恋。当时按照规定实习生是不发工资的，而她一进去就是一个月三千块钱。

　　我听到这儿的时候心里咯噔了一下："这个制片人不会图谋不轨吧？他有多大年纪？"

　　"没有。他四十多岁，对我挺好的。我跟你说我当时离开电视台不是因为他，是因为副台长。"

　　"啊！你和副台长什么关系？"

　　"副台长喜欢我，副台长喜欢我，副台长喜欢我。那个时候的我还行。"

　　朱晨晨一口气说了三遍副台长喜欢她，看来是真的喜欢。那个副台长当年五十多岁，特别有才，写的歌曲还被某著名歌手演唱过。

　　"我们当时有很多频道，经济频道、公共生活频道、新闻频道，还有娱乐频道。我在娱乐频道。他是副台长，每个频道都会有一些晚会，请他去做评委，他永远不去，除非我做导演。他说过：'只有晨晨做导演，我才去。'"

　　后来，朱晨晨每天上下班，都是频道总监接送。

　　"为什么要接送？"

　　"他说顺路，应该主要是奉承副台长吧。"

　　"那个觉得你像他初恋的制片人呢？后来有对你怎么样吗？"

　　"那个制片人对我挺好的，属于爸爸级的那种。他很好，不是很色的那种人。我的确很像他初恋，他给我看过照片的。"

　　那个副台长就不一样了，天天给朱晨晨写情诗，还说要给她出一本诗集，名字都想好了，叫"九十九首爱情诗"。朱晨晨每天躲也躲不过，只能硬着头皮假装很开心地收下那一封封她读不懂的情诗。

每年的情人节基本上都在过年前后，那时候各频道都在准备开年终总结大会，他们娱乐频道也不例外。那天，就在大家坐在一起开会的时候，副台长的司机突然抱着一捧玫瑰花出现在他们的办公室。

"有个朋友让我把这捧花给你送过来。"朱晨晨当时就傻眼了，这个朋友她不用猜就知道是谁。她知道把花收了不合适，所以就拒绝了。大家也假装不知情，各自忙着自己的工作，内心里一个个都在等着看好戏。

世上没有不透风的墙，果不其然，晚上下班，朱晨晨还没到家，在公交车上就接到一个女人的电话，骂她勾引有妇之夫，臭不要脸，什么什么的……

朱晨晨知道她是副台长的老婆，而且是总台财务室的，今天发生这种事肯定没几分钟就传到她的耳朵里了，她能坚持到下班才打这个电话，说明忍耐力也够强的。

朱晨晨在电话的这头哭笑不得，还没到站就赶紧下车，站在马路边上说："姐姐，我真的和他没有关系，我特别理解你。如果我的存在让你不开心，我明天就走。"然后就挂了电话。

"我当时很生气，我和他根本没有任何关系。我最开始和他认识是因为他听说娱乐频道有个我，想把他的儿子介绍给我。他儿子在国外留学，说留学回来就介绍我们见面。这或许是个借口，他给我送花，给我写情书，我内心都是拒绝的，我没说要当第三者，我也不会当第三者。"

当天晚上，朱晨晨就跑回频道把她之前的那摊活结束，上面留了一张纸条：我走了。

第二天，直飞丽江。她不知道去丽江什么地方，就抱着散散心的心态去了。

到了丽江，朱晨晨也不知道自己要做什么。她原来租的房子也没有收拾，机票订的是往返的，身上的钱也玩不了几天。

可就在那几天里，她深深地喜欢上了丽江，于是二话没说就直接把回程的票给退了。然后给她一姐姐打电话，请她帮忙把房子退了，行李能用的都打包邮寄给她。

朱晨晨就这么突然地准备在丽江安家了。在丽江，她先做客栈小妹，住在客栈，也吃在客栈，每个月还能拿几百块钱的工钱。也就在客栈里，她认识了她的第二个男朋友。

客栈老板是她第二个男朋友的舅舅。

"那边的感觉就是，你一个女孩子孤身来这里，就是和我玩一夜情的。男朋友的舅舅属于那种很摇滚范的，四十来岁，戴一个帽子，很帅，还和崔健是朋友。崔健来过这个客栈。但他舅舅给我的感觉太难受了，一副我就是他的的样子。"朱晨晨说。

有一天晚上，他舅舅想把朱晨晨灌醉，就让他的外甥陪朱晨晨喝酒，他先去招呼客人，结果朱晨晨看中了他的外甥。

然后朱晨晨就跟他说："你有没有发现你舅舅对我……"
他说："嗯，知道。""那我走了，偷偷走。"他说："你走吧。"
朱晨晨就一个人偷偷走了，跑到了另外一个酒吧。那个酒吧是一艘船，朱晨晨就在船头喝酒，给他发短信，说："我喝多了。"

"你知道吗？当时我发短信给他他一直不理我，等我一出来，就看见他在很远的古树下面等我。然后我们两个就在一起了。"听她这么说，我突然发现谈恋爱原来是这么简单的一件事，不需要绞尽脑汁，一顿酒就能解决所有问题。

第二天回到客栈，朱晨晨就开始喊那个人舅舅，他舅舅快崩溃了。一晚上的时间，这辈分就变了。"你小子，够狠！"舅舅指着他外甥说道。"你这个丫头，更狠！"他们就站在那儿嘿嘿笑。

后来他舅舅也觉得她和他外甥挺合适的。她男朋友老家在东北辽阳，他妈妈觉得好神奇，儿子单身这么多年竟然恋爱了，就想着来丽江看看朱晨晨，看看她长什么样子。

当时朱晨晨在二楼厨房，很紧张。他妈妈和他舅舅靠着阳台坐着，看到一个女的就问这个是不是她，那个是不是她。

后来朱晨晨好不容易从上面下去了，穿着红色的筒裙，小布鞋。可因为紧张，她不小心摔倒了，端着盘子从二楼一路噔噔噔滚下去，正好滚到他的面前。他指着地上的朱晨晨对他妈妈说："就是她！"他妈看到之后哈哈大笑。"你这见面礼够大的！"他舅舅在那范儿范儿地说。朱晨晨听了觉得好丢人。但相处了两天，她很得他妈妈的欢心。

后来，朱晨晨和他分开，回了北京。他们在一起一年半。

"你为啥又回来了呢？""在那边不是个事儿。"
"没考虑结婚吗？""我也想过，如果我们两个一直在一起，会怎样。他属于东北老爷们儿中最极致的那种。我们两个早上去菜市场买菜，我必须在他一米以内。"

朱晨晨是客栈吧台经理，客人来了，都要求经理去陪着喝一杯，他在吧台切水果，就拿着一把刀，恨不得把那个人砍了。

朱晨晨觉得自己受不了了，他占有欲太强了，就提出了分手。

"你不是就喜欢这样子的吗？你前段时间不是说你喜欢东北男人吗？"

"那是真的把你圈住！我也想玩吧。我是狮子座！我是狮子座！"

她强调了两遍她是狮子座。我也是狮子座，也不喜欢被束缚，任何事都得有个限度。

朱晨晨回北京之后，就去了广院进修。

"早上打开手机，看到他前一天发的消息。我要洗脸去上课，没有理他。他那边有短信报告提醒，显示信息已读取。他就从天津坐城际车到门口了。"

原来，那个时候朱晨晨前脚回北京读书，他后脚就从丽江赶过来了。他北京没有朋友，就住在天津的一个亲戚那里。天津离北京又近，他觉得去天津陪她就好了，工作也转移到了天津。

北京和天津，不是他来找她，就是她去找他。

他们还去了西单拍大头贴。
"你知道我们交了多少钱吗？"
我摇摇头。
"一千多！"
"你是不是傻啊？"
"就是傻啊。那个时候刚出大头贴，很贵很贵。我们两个在北京人生地不熟的，觉得这个好高科技，就交了一千多。"

听起来很傻，但也很幸福。可这样的幸福并没有维持多久就戛然而止。

那是一个周末，他们住在天津海边的一家连锁酒店。

晚上一起去看电影、吃饭，然后回去睡觉，可开心了。

但，早上五点钟，趁他熟睡的时候，朱晨晨拿着手机就出门了。

出了门之后，手机卡扔掉，所有的联系方式删除，社交软件换掉。

朱晨晨注册了一个新的QQ，也就是他们分手的那天注册的。

从此，他再也不知道她的下落了。

"你不觉得这样很过分吗？"我说。

"我是很过分！他要我原谅他，可是他根本没有做错什么，错就错在爱上我。"

"他来天津待了多久？"

"一两个月。那两个月我们过得还是比较开心的。"

"那他岂不崩溃了？"

"我不知道，但是我当时没有办法。我被人管得太严了。他从头到脚地管着我，我受不了。"

"不后悔吗？"

"我和我妈挺后悔啊。也不知道如果我们在一起，现在会怎样，可能小孩都已经上幼儿园了。后来我哥看了他的照片，说他不像我们家的人。"

"你看你之前对你大学的男朋友那么好，后面又遇到一个对你这么好的男孩。"

"所以，后来我常跟人聊起，大学我为别人付出了四年，后来又遇到一个为我付出的人，结果两个都没有成。如果我们在一起，也不知道怎么样。你说我该找什么样的？"

我不知道她该找一个什么样的。其实，我觉得第二个人挺适合她的。可能是在错误的时间遇到。如果搁在现在，她可能就不会这么冲动地结束。

谁又能说得准呢？爱情对于朱晨晨来讲，可能就是那么简单：我喜欢他，不管他对我好不好，不管他的自行车后面坐的是谁，我就是喜欢他。我不喜欢他，就是不喜欢，即使他为了我放弃自己的工作，为了我从丽江跑到天津，我终究还是不喜欢。

我一度觉得她好傻。大学时的男朋友都那么对她了，她还那么没有底线原则地对他好，不问回报地对他好。丽江的男朋友都这么对她了，她竟然说走就走，不打一声招呼，电话卡一丢就这么消失在人海中。

感谢生命里遇到的每个人每件事，有些人教会你爱，有些事教会你成长，哪怕只是浅浅在你的路途中留下印记，也是一笔难能可贵的财富，至少在曾经的某个时刻，你明白了生活，你懂得了自己。

耳边突然响起戴佩妮的《怎样》："如果我们现在还在一起会是怎样，我们是不是还是深爱着对方，像开始时那样，握着手就算天快亮。我们现在还在一起会是怎样，我们是不是还是隐瞒着对方，像结束时那样，明知道你没有错，还硬要我原谅……"

此去经年 后会无期

《谢谢你的爱》 刘德华

/ 为了美好的目的而去做了不好的事情，

/ 最后的结局一定是悲剧的；

/ 为了达到目的说了一个谎话，

/ 之后就必须用一个又一个谎话来支撑之前的谎话。

/ 我以为我是为了理想而做的这些，

/ 直到现在我才发现我已经停不下犯错的脚步。

/ 过去的如果就这么过去了，一切只会越来越糟。

高中时，他是全国第一个高中生校长助理，当时还被《中国青年报》报道。

他本科毕业于复旦大学经济学系，曾获得"上海市优秀大学生"称号；硕士毕业于香港大学。

毕业后他创办的游戏公司被风投公司以1000万美金收购。

工作后，他在国企获得过"21世纪优秀人才奖"。

他连续多年捐款，帮助了3000多人。爱煲汤，还自学12种乐器。

现在的他，是一家家具公司的培训总监。

我们栏目的两个女编导将他视为男神，把他的微信朋友圈、微博全部翻看了一遍，恨不得要了解他的前世今生。她们如此疯狂，除了以上原因，还有一个非常重要的原因：他长得还很帅。

我第一次看到他，是在那两位为之疯狂、为之神魂颠倒的女同事的电脑上，吸引我的并不是他英俊的外表，而是他对自己的定位，他说自己是像欧阳修一样的现代居士。

"居士"一词，按我的理解，就是远离喧嚣，喜欢高山流水，常隐于山水之间的那种人。百度百科释义为：出家人对在家信道人的泛称。

他一米八的个头，会12种乐器：大提琴、小提琴、钢琴、古琴、古筝、二胡、口琴、萨克斯、萧、长笛、竹笛、葫芦丝，除此之外，棋、书、画都会。当然，他说会，我没验证过。

他有一些不同寻常的生活习惯，不知道这些习惯是为拔高自己，还是仅仅因为洁癖。

他进嘴巴的东西都是日本进口的；钱包里的人民币，一定要整理成同一个方向；不吃脚特别多的动物，不吃脚特别少的动物；不吃一条全鱼，只吃分段的鱼。

他每天六点起床，洗漱半小时。洗漱使用的牙膏、牙刷必须是进口的。每天早上伴随他洗漱的音乐都是佛教音乐。他说洗漱的不仅有身体，还有灵魂。他有很强烈的信仰意识。

这样的生活习惯，能隐约透露出他的品位，因此要找到符合他心目中理想的朋友不容易，伴侣更是难上加难。否则他也不会寻找了三十几年，还没有找到。他的层次越高，越难找。所以，当爱情缺席的时候，不一定是你不好，而是你太好！

他会在朋友圈发一些很有哲理的话："无论世界是否温柔待你，请保持住你的善良，好运会与你不期而遇，这就是佛家所说的'境由心转'的道理。为了美好的目的而去做了不好的事情，最后的结局一定是悲剧的；为了达到目的说了一个谎话，之后就必须用一个又一个谎话来支撑之前的谎话。我以为我是为了理想而做的这些，直到现在我才发现我已经停不下犯错的脚步。过去的如果就这么过去了，一切只会越来越糟。"

他的哲理，很有情绪。

他谈过两次恋爱，曾为了与对方见面一个月内飞行八次，并辞掉了中国电信"铁饭碗"的工作。回忆起那段故事，他用了柳永的一句词来形容："此去经年，应是良辰好景虚设。便纵有千种风情，更与何人说？"当我再次问他一个月飞八次飞去哪时，他打死都不说。

节目录制是在四川彭州的一个小镇上，也是在这个小镇上，我第一次见到了他。他瘦高瘦高的，身上有一种时尚、儒雅、博学、个性交杂的气质。在一个小房间，我对他进行了采访。他坐在床上，脚底下摆放着葫芦丝、古琴、笛子等乐器，还有孤立在角落的电子钢琴。

采访结束，我不胜唏嘘。这么优质的男人，竟然假结婚、真离婚！这到底是怎么回事呢？

他说，他在寺院法师的介绍下认识了一个女居士，在寺院见过两面，觉得那个女居士心地很善良。第三次见面的时候，得知那个女居士通过人工授精已怀孕三个月。某一天半夜，女居士突然给他打电话，他接起电话后，只听到电话那头的她在哭，哭得上气不接下气。他能感受到对方极大的孤独感，没有开口说话，就在电话这头静静地听着。

一分钟之后，电话挂断了。他没有开灯，径自从床上坐起来，点了一根烟，黑夜最适合隐藏。他没有发短信去问发生了什么，而是光脚走到窗户前推开了一扇窗，一股凉风吹进来。比任何时候都清醒的他似乎有一种预感，预感到会和她有一段故事。

"为什么会这么认为？"
"我也不知道，或许是当时没睡醒吧。后来又做了一个不记得是什么但很伤感的梦。"

第二天早上八点，他再次接到女居士的电话。电话接通后，他说的第一句话是："有什么需要我帮你的吗？""我想给你讲一个故事。"他就安静地听着。

原来，她爸妈希望她把孩子打掉。因为她爸妈的身份有些特殊，怕外人知道他们家女儿未婚先孕会笑话他们。孩子的父亲是谁她没有说。

她爸已经发了狠话，说如果不把孩子打掉，就跟她断绝父女关系。然而，这种威胁根本约束不了她，即使断绝父女关系，她还是坚持要把孩子生下来。但是有一个问题摆在她面前：总不能让这个孩子不明不白地就来到这个世上。

所以，女居士提出了一个大胆的想法：希望他能和她假结婚，给她一个名分把孩子生下来。他听到这个想法的时候，一头雾水，觉得这件事已经超出他的底线，简直不可理喻。况且两个人彼此并没有太多的交集，怎么能说结婚就结婚呢？

"我来承担结婚需要的所有的费用，你只需要出现就可以了，什么都不用费心。"她说。

"我有点不太明白你在说什么，你……是说要我和你假结婚？"他假装镇定地回答。

"我求求你了，法师说了只有你能帮我。我只想名正言顺地把孩子生下来。你如果不答应我，我就要把这个孩子打掉了。"

他把电话挂断，然后上山去找了法师。

隔了一天，他给女居士发了一条消息："我答应你的请求。"

他带着女居士见了自己的父母。他妈妈特别高兴，说儿子一直不提找女朋友的事，现在不仅带回来一个，还说要结婚了，真是一件天大的好事。他们全家都这样觉得，也都很开心。

当时女居士说办婚礼的钱由她来出，但他心善，就自己出了三十万。

除了婚礼上，平常两人手都没牵过。

不久，他爸妈就觉得事情有点不对了。因为当婆婆的想去看儿媳妇，儿媳妇总是拿出百般理由来拒绝。有一次，他妈拿着熬了一个多小时的鸡汤到他家，想给儿媳妇喝，她却说自己在爸妈家，他妈听了就跑到她爸妈家，结果到了之后发现也不在。

他妈特别纳闷，特别不能理解：既然结婚了，为什么弄得像见不得人似的？这老人家疑心重，总会多想，一多想就睡不着觉。

还记得他在朋友圈发的那句话吗？"为了美好的目的而去做了不好的事情，最后的结局一定是悲剧的；为了达到目的说了一个谎话，之后就必须用一个又一个谎话来支撑之前的谎话。"

他为了一个美好的目的做了不好的事情，已经停不下犯错的脚步了。可谎言总有一天会被拆穿。谎言编得越久，伤害就越大。

终于有一天，事情瞒不下去了，只能以离婚收场。他们去民政局办了离婚手续。

离婚前，他和那个女居士将事情的来龙去脉都写了下来，算是一个协议。协议上还写着，男方婚礼花的三十万块钱女方不用还了。

虽然解释清楚了，但这对他爸妈而言是一个沉重的打击。不久，他爸妈得了场大病，奶奶也去世了。奶奶临走之前还念叨："重孙子啥时候生？还能不能见到？"

他觉得挺对不住家里人的，让他们因为自己的决定受苦。

我问他："如果回到从前，你还会这么做吗？"他回答："会的。"

我至今无法理解他的决定和他的回答，也许他也根本不需要别人的理解。

他说自己很注重精神世界，希望有一个与自己有精神共鸣的妻子，有想法时相互交流，平常互不打扰，却相互陪伴，过一种"大隐隐于市"的生活。如果能再开一间书院，教小朋友国学，从《三字经》开始教，那就更好了。

节目录制现场，他和台上的一位女孩牵手了。那个女孩像我们的女编导一样，对他疯狂地着迷，每天从早上到睡前都会给他发消息，他跟我诉说了他的苦恼。

我也不知道怎么想的，就帮他委婉地拒绝了那个女孩。他的内心一定也很纠结，不是不懂爱，只是不知道如何拒绝。我知道，这根本不关我的事，但我还是不由自主地去做了。这对于那个女孩来讲或许是一件好事，可以早点让她看清楚，她追的人不适合她。

录完节目，他在自己的朋友圈发了这么一条消息："好贴心的李导和王导，让我体验了一把明星待遇，一辈子的梦想终于在今天实现了，过上了衣来伸手、饭来张口的日子。"

窗外，天阴了，起风了，掉光叶子的枝干在风里摩擦着，似在摩拳擦掌，想与谁比个高低。
那些叶子是否早就把它待过的枝干抛之脑后，也早已不记得离别时拍着胸脯许下的诺言？
无论是因为谎言还是因为爱情，那些在一起的日子已经刻在了彼此的肌肤上。
这个世界，总有那么多的不可思议，也总有那么多的光怪陆离。

我，想对那位女居士说：

你从他的全世界路过，留下的不仅有他的脚印、他的眼泪，还有他的青春；

你从他的全世界路过，他的心软让他的人生血肉模糊，背负了太多的谴责和辱骂；

你从他的全世界路过，不想听你说对不起，因为他不想宽恕自己，也不想让你释然；

你从他的全世界路过，虽注定悲剧的相识，他还是义无反顾，他好傻，傻到怕自己会爱上你！

你从他的全世界路过，你们都选择了一条不归路，愿你好、他好！

人生，有时就是那么的可笑，他从谁的世界路过都可以，为什么偏偏选择了你？

他选择了你，坦言从未后悔过。即使回到从前，他还是会坚持自己的选择。

此去经年，后会无期。

此刻，我想借用简媜《我为你洒下月光》中的几句话对那位男神说：

是时候了，我准备老去。

开始宽恕季节，洗涤过咸的故事。

当四野吹起夜风，我把影子仔细收好。

任凭月光为我安排归宿。

一段故事，一个了结。

还好，终于等到你 *4*

此生不足，再续一世

《只是太爱你》 张敬轩

/ *沐沐不知道他们什么时候才会再见面，*

/ *也不知道她这一走，到底未来会怎样。*

/ *沐沐心里面有无数个未知，*

/ *脑海里浮现的都是他们这两天在一起的画面，*

/ *直到接到她的电话，听到她的声音。*

/ *他好想跟她说："真的，不要分开可以吗？"*

/ *但又觉得这话很傻、很不现实……*

第一次采访遇到这样一种人，听他的故事就像在读一封他写给我的信。

　　这封信，只有收件人，没有寄件人。我小心翼翼地拆开它，展开信笺，读了起来。

　　这封信，很长很长，写了好几页纸，每一页纸上都写得满满的，读完天就黑了。

　　2014年1月3日，原本是很平凡的一天，但因为一次意外的招呼，他们在异国他乡相识了。这天晚上，疲惫的沐沐回到酒店，收到她发来的好友添加请求，不假思索地就通过了。

　　沐沐也不知道为什么会对她有如此强的信任感，以往的沐沐对陌生人是拒之千里，而且防备心很强。沐沐甚至没有屏蔽她看他的朋友圈。

　　朋友圈记录了沐沐的生活，记录了他的心情，如果不是生活中的朋友或是关系很好的人，沐沐不会让对方看到。但是奇怪的是，沐沐竟然没有想到要屏蔽她，或许这就是冥冥之中注定的吧。

　　沐沐的直觉告诉他，她是值得信任的人，这是值得纪念的一天。他们在菲律宾长滩岛相遇，沐沐很感激她的招呼让他们有缘分能认识。

　　第二天，沐沐去了一个购物中心，没想到的是，她的行程也一样。她当时拍了一张照片给沐沐，照片上的店铺就在离沐沐不远的位置，应该不会超过50米。沐沐不知道是不是上天的安排，但真的很巧。

　　沐沐当时还有一闪而过的念头想去找她，因为这是他们当时最近的距离，沐沐怕错过了，他们就可能只是永远无缘见面的朋友。但是这个念头马上被现实拉了回来，沐沐想了想身边还有同伴，想了想自己的情况，告诉自己不能冲动。

沐沐宁愿他们只是一辈子的聊友，也不想因为没有准备的见面而草草结束。

或许是沐沐不自信，也或许是沐沐想多些时间了解彼此，他不想让自己失望和受伤，于是选择了默默地一个人到处乱逛。

其实后来沐沐和同伴走散了，他一整个下午都在购物中心来回地游荡，却善意地骗了她，说他已经离开，因为他不想那么快见到她。

那天下午沐沐很开心。开心的是她也来到了这里，开心她告诉了他她在哪里逛，还特地拍了照片给他看；开心她发了语音给他，开心她和他交流她的心情，还问他在哪里，买了什么东西。好像他们已是相识很久的朋友一样，很温暖，很想接近她的感觉……

以至于沐沐离开购物中心去机场的路上，还一直在想着她：她现在在哪里？还在逛吗？逛完后会去哪里？她什么时候回国？她是单身吗？……沐沐想了很多很多，或许就是从那天开始，他已经对她产生了好感。

沐沐觉得她很善良，是个好人，也是值得他信任的人。到了上飞机的时候，沐沐还在发消息给她。飞机起飞和落地，沐沐都第一时间发消息告诉她。沐沐不知道为什么一开始就对她有了这种依赖的感觉，或许这就是喜欢吧……

一天半的时间，他们仿佛聊了很久，沐沐却只知道她是天蝎座，以及给人的感觉比较成熟。其他的细节和她的感情世界，他一无所知，她也不愿透露半句。但沐沐很有耐心，愿意等到她跟他敞开心扉的那天。

1月4日晚上，沐沐回到了厦门，她还在长滩岛。

那天晚上，她告诉了沐沐她回国的时间，沐沐一身的疲惫突然消失无踪。

一想到一个在厦门一个在广州，沐沐心里面热切的憧憬就凉了许多。沐沐不断给自己降温，告诉自己不能多想，不能去喜欢她，但感情这种事又岂能受自己控制。

隔天她回到广州，发了一条语音给沐沐，告诉他她在飞机上落下了东西。

听到她语气中的失落和不开心，沐沐也不知道为什么那么难过。他不想她因为这点小事不开心，很想做点什么让她开心起来，于是就暗暗计划着要准备一些东西送给她。但她马上就要出差了，沐沐只有一天的时间可以准备。

1月7日，沐沐跑遍了厦门各个商场，挑选了许多觉得她可能用得上的东西。他们认识的时间还不久，沐沐对她还不是很了解，只能按照自己的直觉来选择，因此沐沐也很担心他送的这些东西她会不喜欢。

那天沐沐一刻都没有休息，连晚饭都没来得及吃，甚至最后打电话让顺丰快递来收件也是求着他们来的——顺丰八点就不收件了，可沐沐准备完所有东西回到家已经快九点了。沐沐也不知道自己这么拼是为了什么。

其实沐沐当时心里面只有一个想法，就是让她开心，让她感受到他是真的用心地在做这一切。沐沐从未这么大费周章地去做过一件事情。摩羯座的人其实很怕付出，也不会轻易付出，因为他们害怕失去，也害怕受伤，但是沐沐控制不了自己。

沐沐只是希望她能早点收到他想传递给她的这份快乐和他的诚意，

他甚至没敢想过她能成为他的女朋友。就算只是朋友，沐沐也心甘情愿这么付出，只要她开心，他就满足了……

礼物寄出后，沐沐就开始期待着她在出差前收到礼物。沐沐希望她可以穿着他送的衣服，可以在工作中用着他送的笔和本子，吃到甜蜜的棉花糖可以感受到他希望她开心的想法。

那天她告诉沐沐，她很喜欢这些东西，沐沐觉得他的用心没有白费，也很开心她能穿着他送的衣服拍照给他看。那时沐沐觉得她开心得像个小孩，和前两天的感觉完全不一样了。沐沐能感觉到她也渐渐放下了防备，慢慢在尝试接近他。

1月10日，是沐沐的生日，零点整的时候，收到她发来的生日祝福，以及四个六六大顺的红包。沐沐觉得很意外，也很开心，这个生日让他觉得很不一样。

沐沐知道她为了第一时间给自己庆祝生日，特意设定了闹钟，虽然当时他们仍未见面，但这样的举动已经令沐沐非常感动。

沐沐是很容易满足的人，一点小小的举动都会让他感动很久，并铭记于心。这份感动打消了沐沐前天晚上因她的冷漠态度而产生的失落感，就算之前她对沐沐再冷漠，再不好，沐沐都能忘得一干二净。

这天凌晨，沐沐许下了一个很特别的愿望，虽然有点不现实，但沐沐始终相信总有一天老天会帮他实现的。他好期待这个愿望能早日实现。

在接下来的几天里，沐沐发现他对她的情感也发生了细微的变化：他会很想知道她的过去，她的工作和生活……关于她的一切他都想知道。沐沐发现他对她的这种在乎与日俱增，甚至会因为她突然的冷淡而难过许久，也会因为他的小小要求被拒绝而失望许久。

1月13日这天，因为一些不愉快，沐沐耍了小孩子脾气，她着急地打了几次语音电话给他，他都没接。那晚他真的很难受，只想让自己静下来，思考到底是继续往前走，还是选择逃避。就在此时，她发来一条戳中沐沐泪点的信息："当我男朋友吧。"

沐沐不会忘记这个晚上，因为这个晚上对他来说太重要了，他等这句话不知道等了多久。

虽然他也知道他们其实没认识多久，都还没完全了解彼此，太早说出口未必是好事，但是认识她以后的这短短十天，让他觉得好煎熬。他真的有一度想过跟她说："可以尝试做我女朋友吗？"

沐沐还是忍住了，十几年的感情经历让他学会了忍耐和等待，他害怕希望破灭。所以当他亲眼看到这条信息的时候，真觉得自己像在做梦。他有点不敢相信自己的眼睛，当时既开心又害怕的复杂心理，无以言表。

沐沐害怕感情来得快去得也快。他很担心这一切只是缥缈云烟，而且他还有很多心里话没对她说……

他喜欢有故事的人，因为他自己的故事很长很长，只是他一向喜欢藏在心灵深处，不愿翻出回忆让自己难受，也不想赤裸裸地揭开伤疤给别人看，除非对方是他非常信任的人，愿意倾听他的故事。

1月14日是让沐沐觉得很意外的一天，因为这天她竟然提出要来厦门找他。他当下有点蒙了，其实内心是高兴的，因为他真的很想见她，只是觉得太突然，他没有任何准备。他还有很多很多事情没告诉她，对他来说，没有让她了解之前就见面是很不负责任的事情。

沐沐当时真的很矛盾，而她的误会又让沐沐很难过，她觉得沐沐不想见她。也就在这一天晚上，沐沐花了三个小时，用微信跟她讲了他的家庭，他的童年，他以前的生活，他的情感历程……他的一切一切。

沐沐不想让她白来一趟，他觉得有必要跟她坦白一切，就算她临时改变主意，不想过来见他了，他也觉得不后悔。至少他没有欺骗她什么，他认真对待过，也尽力了。

沐沐顾虑的东西太多太多了，他真的怕她会介意，怕她来了他不能好好陪她，怕他们见面了感觉就变得不一样了……

这个晚上沐沐睡得一点都不好，整个晚上他都在后悔：怎么可以因为顾虑那么多而放弃见面的机会，就算她不喜欢他，也可以当朋友……沐沐甚至不停地在想见她的那个场景。沐沐这才恍然大悟，其实他内心深处是多么的想见她。

第二天早上，她告诉沐沐不来厦门，要回广州了，沐沐顿时情绪低落，非常难受。纠结了半天，他终于鼓起勇气，告诉她他多么希望她来厦门。

2014年1月20日，非常值得纪念的一天，他们见面了。

那天晚上，厦门下起了小雨，很冷，沐沐提前去订了酒店，亲自看过房间才放心地离开。离开酒店后，沐沐赶紧跑去超市买了她爱喝的酸奶，还买了雨伞，就这样怀着忐忑不安的心情挤上末班BRT去北站接她。

路上很顺利，沐沐提前十分钟到了出站口，很庆幸没有让她等。如果这么晚还让她站在陌生的地方等他，沐沐会恨死自己的！

在出站口，沐沐一直想，见了她之后该说什么，该怎么打招呼，傻傻的，有点惊慌失措，又有点兴奋，感觉像在做梦。

终于见面了。见她的那一瞬间，沐沐觉得她就像个长不大的小孩，和想象中的感觉完全不一样，却让他感觉很舒服，很想亲近。

沐沐不敢看她，或许是因为紧张、兴奋，他突然不知道说什么好，只想赶紧带她去坐车，拿酸奶给她喝，至少先缓解下她的疲劳和饥饿。

等了半个小时，他们终于坐上了950的末班车，驶往住处。这一路上沐沐仍觉得像在做梦。

她就坐在沐沐身边，和他一起听着音乐。而且让他颇感意外的是，她竟然会问他要不要喝一口酸奶。这让沐沐觉得很满足。

沐沐看着兴奋得像个孩子的她，好想握住她的手。终于到酒店了，他等她放好行李，就带她去吃东西。她一直说厦门的空气好，总是喜欢跟沐沐唱反调，跟沐沐抬杠，口是心非。

他们的第一顿晚餐，她吃猪脚面和玉米排骨汤，沐沐喝豆浆。她喂了沐沐一口汤，沐沐觉得幸福得不行。

第一天晚上过得很快，转眼间就过去了。这一晚沐沐几乎没怎么睡，因为他怕以后这样的机会不多了，他想要努力去记住这种温暖和幸福的感觉。

沐沐一大早就起床，给她准备好早点就出发去金门了。他想早去早回，这样就可以多点时间带她去玩。但是真的很不幸，周末的船很多都客满，只能买到12点的船票。他像打了鸡血般马不停蹄地来回跑，下了轮船又转车，跑到目的地采购完立刻打车回到码头坐船，有种快虚脱的感觉。

坐在轮船上的沐沐几乎是半昏迷的状态，脑海里都是她：她到底有没有起床吃早餐？下午一个人在干什么？是不是也在想他？

突然的抖动把沐沐震醒了，原来是轮船靠岸了。沐沐赶紧打开手机，看到她发来很多消息。沐沐很开心，至少她还惦记着他……

这天晚上，他们一起吃了一顿比较正式的晚餐——干锅田鸡，又一起看了电影，看完电影沐沐还带她去了书店。看着她静静地挑选着喜欢的书的样子，沐沐觉得很开心，他很喜欢她认真看书的样子。她总对沐沐说自己神经大条，事实上，沐沐明白她比谁都懂他，只是她不喜欢表达出来而已。

买完书沐沐带她去星巴克喝了星冰乐。沐沐觉得时间好仓促，一路上一直在想，到底还有什么没有安排到，有没有忘记什么、错过什么。沐沐要在两天内把尽可能多的快乐都带给她。

回去的路上，他们聊了很多，觉得彼此的心靠得更近了。

这个晚上，沐沐睡得很踏实很踏实，但是一想到过了今晚她就要回广州了，又有种想哭的冲动。沐沐好舍不得，真的很不想她回去，好想和她一起生活……

第二天沐沐带她去逛了中山路，吃了花生汤和她大赞的沙茶面、扁食，还去了厦门大学，最后又暴走鼓浪屿。沐沐知道这么安排会让她很辛苦很累，但是沐沐真的怕以后没机会再见到她。

沐沐要尽可能地多留一些美好的回忆给彼此。雨天的鼓浪屿显得有点凄凉，她走路走得腿都快断了，还摔了一跤，沐沐看着可心疼了。

沐沐很自责，因为时间太赶太赶，还让她拖着疲惫的身体去挤公交车。在公交车上，沐沐看着疲惫的她，好想让她靠在他肩膀上多休息下。想到一会儿她就要坐飞机离开了，他心里面有种说不出来的不舍和难受。

转眼间就到了该分别的时候。她不会知道，沐沐是等着她的飞机起飞后才离开的航空港。当沐沐回望航空港，听着飞机起飞的轰鸣声时，才后知后觉，她真的要离开了。

沐沐不知道他们什么时候才会再见面，也不知道她这一走，到底未来会怎样。沐沐心里面有无数个未知，脑海里浮现的都是他们这两天在一起的画面，直到接到她的电话，听到她的声音。他好想跟她说："真的，不要分开可以吗？"但又觉得这话很傻、很不现实……

她不会知道，她回去了之后，沐沐整个人魂不守舍，做什么事都提不起精神，也变得不开心。他不知道自己是怎么了，好像有点离不开她了，他好怕这种感觉，每天都思念着对方，思念着思念着就会不自觉地发呆，然后莫名地情绪低落，沮丧、难过……

她不会知道，她是第一个沐沐没有删掉任何聊天记录的人，她发给沐沐的照片，沐沐都当作重要的东西珍藏起来。他已经很久很久没有为一个人写那么长的信，来记录这短短半个月的心情和经历了。

沐沐说他做这一切只是想让她知道，他是很认真地对待这段感情的。他真的很想很想她，以至于讲这个故事的时候还流下了眼泪。

沐沐想用张敬轩的那首《只是太爱你》来表达自己当下的心情："因为我不知道，下一辈子还是否能遇见你，所以我今生才会那么努力把最好的给你。"

沐沐说："谢谢上天让我认识了她，我很感激能遇到她。我想和她有第一百零一次的约会，生生世世。此生不足，再续一世。"

我们不说分手，好吗？

《你怎么舍得我难过》 黄品源

/ 走过稚嫩的青春年华，回忆过往的种种，感谢生命中遇到的每一个人。
世界这么大，多少次的擦肩而过才遇到一个畅谈说笑的你。

/ 重拾的爱恋在一点点复燃，在未寻找到真爱的路上，
他们都曾茫然。散乱的心一点点被无形地勒紧，原来他心里一直有我。
记忆轻启后，才发现感情从未搁浅。

/ 世界好小，即使每天东奔西跑、每次分分合合，
我也始终觉得，遇到你是冥冥之中注定的，只是一个早与晚。
可能是你等我，也有可能是我等你。不管怎样，最后我们都会在一起的。

那个时候，焦佳只有十五岁，是一个还不懂情为何物的小丫头。

就是这个小丫头，早早地离开家乡，到河北秦皇岛的一个连锁幼儿园当起了幼师。她是当时园里年纪最小的老师。

因为离家远，年纪小，她每晚都要去电话亭打电话，一分钟三毛钱，生活费都用来打电话了。先是给爸妈打，再给朋友打。每到周末，焦佳都会给一个新野的朋友打电话，渐渐就成了习惯。

那晚，焦佳又拨通了电话。

"请问是张昊同学吗？"

"你好，你谁啊？"

"我找张昊。"

"没事，他不在，你找我也一样。"

这一通电话，打了四十多分钟，打到她的电话卡都没钱了。

那个夜晚，他们两个都失眠了。

就这样，在一个懵懂的年纪，一个小女孩和一个小男孩开始了通信。

小女孩嘲笑小男孩字写得好丑，小男孩嘲笑小女孩为什么信里写得都是"嘿嘿、哈哈……"

因为有些话不好意思说出口，就变成了一连串的语气词。

也许，这就是表达喜欢最原始的方式。

元旦放假了，小女孩从秦皇岛回到了新野，他们约好见一面，两个人都既紧张又期待。

小男孩带她跟他的同学吃饭，吃完饭，他说："你看你是所有人中最漂亮的。"小女孩听了之后好害羞。

"你知道吗？我被封为学校的'校草'，很多女孩追我，我都不同意，我说坚决不跟本校的谈。你看你就不是我们学校的。"小男孩说得很认真，又像在表白。

后来，也不知道都说了些什么，两个人就一前一后地在大街上来回走，一直走到大街上的小门店陆续锁了门、熄了灯，走到这个夜晚都打起了哈欠，星星都闭上了眼，小男孩才搬了两块石头翻墙进了校园。

他们第一次见面，双方的感觉都很强烈，但又很纯净。十五岁的年纪，就撬开了爱情的门，透过缝隙，她隐约窥到一条长长的伸向远方的走廊，未知和向往让她既惆怅又欢喜。两个人没有互相表白，就这么很自然地走到了一起。

又过了半个学期，焦佳向学校申请，想去南方闯一闯，足够优秀的她获得了这个机会。2006 年 9 月份，她独自去了深圳。在深圳的那一年，她成长了很多，工作特别拼命。而每晚八点，固定的半小时和小男孩的通话更是给了她一份寄托和动力。她甚至跟小男孩开玩笑说："以后我来供你上大学，等你毕业了再来养我。"

因为这份美好的寄托，焦佳想往更好的平台走，于是就拿着简历去应聘。

人事部门问她："你什么学历啊？""中专。"

"我们这儿任何岗位起码是大专。"焦佳的脸"唰"的一下就红了，这是她人生中第一次不被认可。

焦佳想了想，决定辞职，回家考大学。

六月是个恐怖的月份，大家都在备战高考。

这一对小情侣似乎还没有预感到暴风雨将要到来。两个人手拉手在大街上走，丝毫没有注意到有一双眼睛正恶狠狠地盯着他们。

晚上放学回家，男生的妈妈直接把菜刀拿出来拍在桌子上，要挟他跟焦佳分手。焦佳回家也遇到了同样的问题。她妈说："你可千万别离他那么近，要像远离毒品一样远离他。"

第二天，小男孩把焦佳叫到一个花园里，说："我们分手吧！要不然我妈会打死我。"这是他第一次提出分手，两个人在花园里哭了很久很久。那时分手没有恨，只有不舍。

2008年3月份，统招考试，她仅花了两个月时间，专业课就考了全县第一，文化课也过了本科线。老师打电话问："提前批，你想报哪个学校啊？"当时她爸妈正在家里吵架，她就说我不想选了，你想报哪儿就报哪儿，于是老师给她报了洛阳师范学院。

而他的高考成绩，只能走一个大专。

焦佳对他说："你报洛阳理工职业技术学院吧，那样我们就都在洛阳了。"他听取了这个建议。

结果这事被他妈妈知道了，他妈火冒三丈，跑到学校，找到他的班主任，把他的志愿给改了。结果一直调剂，最后被调剂到开封某大学。学费一学期一万六，简直就是贵族学校。

他妈一直认为是焦佳带坏了她的儿子，加上村子里的人又喜欢说三道四，上一代人的恩怨也施加到焦佳身上来，导致他妈对焦佳的印象极差。

上了大学，两个人一个在洛阳，一个在开封，坐火车要三个小时。虽然有些距离，但没有了家人的束缚，他们也自由了。于是，军训完两个人又在一起了。

进入大学的焦佳在专业方面可谓如鱼得水，轻轻松松就获得了河南省"爱国歌曲大家唱"声乐合唱类比赛一等奖、第三届全国大学生艺术节展演活动声乐合唱类金奖，并在第十四届"德艺双馨"中国文艺展示活动南阳选区获得"德艺双馨突出成就奖"。

"你这么有才，又这么漂亮，有男生主动追求你吗？"我问。

"当然有啊。哈哈哈哈……"她回答得很爽快。

"那你是怎么想的？"

"那些男生很帅，也很殷勤，有给我送早饭的，有上课替我答到的，但我心里自始至终都放不下他。"

两个人大学过得很好，但也很艰难。他学费高，每个月只有五六百的生活费，焦佳最多也不超过八百。他的舍友偷偷告诉焦佳，他经常只买馒头喝凉水，省下来的钱一部分请大家吃饭，一部分买火车票去找她。

三年的大学生活，是他们最美好的日子。两人坐火车来回跑，留下一堆的火车票。

焦佳大二有一次去开封看他，他舍不得焦佳走，又陪着她坐火车回到洛阳。这是他们两个第一次一起坐火车，也是到目前为止唯一一次。

她过生日那天，正好周五。当时她正在宿舍里洗被子，突然听到楼上有女生喊："快看，快看，楼下有一个大帅哥，抱着好大一束花！"

焦佳听到之后，还特别不屑：都多大的人了，还秀恩爱！

"焦佳，焦佳，你看外面那个人是谁？"宿舍长喊她看，她就一副无所谓的样子趴到阳台上，一看，天呐！竟然是他！焦佳抱着那束三百块钱的花，一边哭一边说这个月又没钱吃饭了。

当然，两个人在一起，除了惊喜，也有惊吓。

一天，焦佳正在上课，突然接到他的电话。电话那头的他有气无力：

"焦佳，我告诉你，我这辈子只爱你，我想你。""你神经病啊。你干啥啊？""我被人捅了。""啥？""我被人捅了。"

焦佳一开始以为是开玩笑，后来赶紧找他们宿舍的人了解情况，才知道是真的，他的腿被人捅了一刀。她课也不上了，直接跑到火车站，连夜赶过去，一到医院看到他躺在病床上，就哭了起来。

"我要是残废了，你会不会不要我？以后出门我可能要坐轮椅，你会嫌弃我吗？如果我穿衣服都很困难，你还会嫁给我吗？"焦佳什么都听不进去，就在旁边哭。

第二天一早她要去医院看他，他不让去，说他爸妈要来了。焦佳就很难过地在医院门口待着，走过来走过去，待了好几个小时，最后还是没能见到他，就一个人灰溜溜地回了洛阳。

大三，他提前毕业，回到南阳开始上班，他爸妈就开始给他相亲。焦佳那时刚刚大四开学。

他打电话说："我受不了家里人的说教，扛不住家里的压力，反正跟谁结婚过日子都一样，我也不耽误你，你也不耽误我。我们分手吧。"

这是他第二次提出分手。两个人之间没有恨，只有无奈。

分手后，焦佳一个人躲在一楼厕所旁边哇哇大哭，宿管阿姨看见了，安慰她说，年纪轻轻，有啥想不开的。她不管，就在那儿哭，连哭了三天，哭得眼睛都睁不开。

焦佳咽不下这口气，心想凭什么你说分手就分手，于是直接买了火车票，坐了四个小时火车去找他。走得太冲动，只穿了短袖、短裤、运动鞋。

"你去找他是为了什么？"我问。

"找他要个说法，分手不能这么随随便便的。我从来没有说过分手，凭什么每次都是他说。心里咽不下那口气。我要去质问他。我要见到他。"

下了火车已经是晚上七点了。天空下着雨，像她的心情一样湿漉漉的。她叫了辆出租车，在他的公司附近一直转，转得出租车司机都有点不耐烦了。

无奈，焦佳只好下车，一个人在雨中找，毫无方向地找。泥泞的土路让她举步维艰，被打湿的头发凌乱地贴在脸上，短袖和短裤也湿答答地贴在她的身上，灌满水的运动鞋像铅球一样重。泪水和雨水混杂着流淌，无助又凄凉。

她也不知道为什么要这么做，但她就是做了。那一刻，她只想见到他。

最后实在没有办法，她在雨中拨通了他的电话。

他骑着摩托车来接她，远远地看到她一个人在雨中站着，眼泪唰唰地往下掉。

他把自己的衣服脱下来给焦佳披上，找了一个宾馆，又给焦佳的同学打电话，请她送来一套衣服。看到焦佳对他的这片心，他不忍心再说分手，破裂的感情又被焦佳缝合了。

焦佳只在南阳待了一天，第二天就回洛阳了。

临走前，焦佳说："我和你认识这么长时间，不管经历多大的困难，我一直是积极向上的。在我的爱情观里面，选择了一个人，就要长久地在一起。我们分手了，我也不知道再去找谁，觉得和谁都过不下去。所以，我们不要轻易地说分手。"

那一年，他一个月去学校找焦佳两次。

两个人的感情看起来似细水长流，很平静。

临近毕业，焦佳面临一个两难的抉择，去北京、广州打拼还是留在南阳。最后，为了他，焦佳选择回到南阳，找了一份在学校当音乐老师的工作。

春节刚过，节日的氛围还没有完全褪去，空气中还弥漫着鞭炮的味道，他第三次跟焦佳提出了分手。

这一次分手，他们两个人之间也没有恨，只有找不到答案的困惑。

"得不到家人的祝福婚姻不会幸福。我妈不同意我们在一起。"他说。

那时，焦佳觉得整个世界都是灰暗的。她在大姨家把门一锁，哭了三天三夜，觉得再也不相信爱情了……

他们就这么再次分手了。

2013 年 3 月份，焦佳办了一个培训中心，事业发展得很稳定。

分手之后，她整个人生活中只有工作，对感情已经不抱任何希望了。她只想着要自力更生，感情上遇不到合适的，绝不凑合。

但家里人还是时常给她介绍对象，她很难拒绝这种好意，有时也会答应聊一下。就在这时，一个男孩出现了。

本来他们都觉得不靠谱，因为两人一个在新野，一个在郑州。但当那个男生要了她的 QQ 号，发现她就是自己当年看新野县青年歌手比赛心仪的参赛选手时，一下子把她当作女神供奉着了。

元旦之前，他就开始给她寄贺卡，送花到她学校。一个还没有见过面的人，能有这份心，让焦佳很感动。再加上跟他也蛮聊得来，焦佳就有点心动了。

等他元旦回来，两人第一次见面，焦佳有点失望——他个子过矮。可这个男生像一团火，赤裸裸地向她表白，很实诚地说了自己的家底，月收入多少，有几套房，会对她怎样好，很真诚。焦佳又有点不忍心拒绝。

春节，她带男孩回家跟父母一起吃了个饭，她妈妈觉得不太合适，他们也就没有再继续交往下去。

但这个男孩说："只要你不结婚，我就一直等着你。"现在的他，还是一个人。

他的出现成为她生命中的一个小小插曲，也成了她心里的一根刺。

现在，两个人仅仅是微信好友，从来不聊天，也从来不互相点赞。不是不想，是不敢。

与此同时，她的初恋也在被逼着各种相亲，但最终都没有结果。不是没有遇到好的人，只是都不是那个对的人。

2014 年，他又来找焦佳，两个人又好了。

他们好像从未说过"我们和好吧"这句话，但又很正常地开始一起逛街、约会。

只是这一次，焦佳的心里始终有一点隔阂，总感觉哪里不对。

突然有一天，他跟焦佳说："我们去旅行吧。"焦佳蒙了，心想着是不是意味着要结婚了，也不知道该怎么办，就给她妈打电话，说要去海南旅行。她妈说别想那么多，去就去，焦佳就答应了。他就把机票什么的都买好了，谁知道去了六天，拍了九百多张照片，两人一张合影都没有，全是她自己。

订的房间也全是套房，一人一个房间，自己睡自己的。他开玩笑说：

"分开住好，要不然我们老打架。"焦佳也没想那么多。

回来之后，他才跟焦佳说："这一切都是我计划好的，就是分手前送你一个礼物。既然两家都觉得不合适，那老妈和老婆只能选择一个，我明确告诉你，我选择我妈。咱俩分手吧。"

这是他第四次提出分手，焦佳彻底崩溃了。她一气之下把以前写的的信全撕了，东西也都摔了，照片也全部烧了。这一次分手，焦佳心里充满了恨，但她恨的是自己，恨自己为什么一次次选择他，恨自己为什么不能一刀了断，重新开始。

这次分手，焦佳又哭了三天。隔了一个星期，他却突然拿着户口本、999朵玫瑰、一个戒指，出现在她教室的门口，当着她学生的面，"扑通"一声跪下，哭着说："嫁给我吧！"

没有一点预兆，没有一点心理准备，焦佳被这突如其来的求婚弄得很崩溃。她不感动，也没有喜悦，只感觉一个人在玩弄她的感情，糟践她的感情。焦佳拒绝了这次求婚。

这个时候，中央电视台《乡约》节目来到了河南新野县，焦佳成了节目嘉宾。她的同学看完节目，说："你居然上电视相亲了！你到底有没有跟那个男嘉宾好啊？你为什么不找你前任？"
也不知道为什么，她的高中同学都希望他们两个走到一起，也总想方设法把他们两个往一块撮合。一次同学聚会，他们两个又见面了。很久不见，两人相视一笑，觉得有点陌生，又很熟悉，那种感觉非常微妙。

两个人又开始一起吃饭、聊天，找回来一点感觉。

他妈把焦佳参加的那期节目连着看了三遍，看完也哭了，哭得很难过，感觉两个孩子挺不容易的。但对于这段感情，她依然不赞成，不过也没有说反对。

焦佳的爸妈和他一直催着他们两个领证结婚，焦佳就说那行吧。后来焦佳才知道，他坚持快点结婚是因为他妈查出得了癌症，医院下了病危通知书，说最多不超过三个月。

生活没有给她更多的时间思考，好像周围的一切都在催着她赶快结婚。

两个人认识十年，焦佳第一次去了他家。第二天，他们把双方的亲戚朋友叫到一起吃了顿饭，按照传统的礼节，男方给女方一万零一的订婚钱、三件金首饰——项链、戒指、镯子，这就算订婚了。

匆匆忙忙订婚后，他就催着她结婚。

焦佳却突然很迷茫，她不停地问自己："我是不是真的要和这个人共度一生了？他总是因为一点家庭问题就离我而去，以后还会这样吗？他妈妈对我不好怎么办？万一结婚以后他不听我的，我指望不上他怎么办？……"无数个未知让她很苦恼。

后来，两人又因为婚纱照的问题大吵了一架，焦佳就更不愿意结婚了。

他就去学校找她，逼她。焦佳的性格是吃软不吃硬的那种，你越逼她做一件事，她就越不愿意做。于是，他们又吵散了。

这应该是他们第五次分手。分得很不愉快，也很违心。好不容易在一起的两个人，就这样又退回了原点。

一次次的分分合合让他们都很疲惫，他们不知道这场游戏是否真的已终止，也不知道这段感情是否还有转机。

可时间自会给你答案。

又过了几个月，他的朋友突然打电话给焦佳道歉，说："佳佳，不好意思，因为我跟你男朋友的关系比较铁一点，所以就把你的微信给删除了。"焦佳大度地说："没关系，都是老朋友了，无所谓。"

"你知道吗？每次喝完酒，我们就会提到你。他虽然把你拉黑了，但随口就能把你的电话背出来。他现在就在我旁边。"

"你让他接电话。他怎么不自己打？"

"吃饭了没有？"他说。

"咋地？不是都把我拉黑删除了吗？你还记得我的电话号码啊？"

"怎么可能会忘，倒着都会背。"

那种聊天的感觉，就像两个小孩打完架之后又和好了。

某天晚上，焦佳刚录完音，准备去接两个闺蜜吃饭，他的朋友又搞突然袭击："每次约你你都没时间，你在哪儿？先过来把我接上，要不然总吃不上饭。"一副死缠烂打的样子。焦佳没办法，就去接了他。

他们四个人一起吃了一顿饭。焦佳的闺蜜在饭桌上说："你们两个人已经退婚了，已经完全没有可能了！要往前看，坚决不能回头。"但他的朋友从焦佳的眼神里看出来还有可能。吃完饭焦佳把她的两个闺蜜送走后，他的朋友就让焦佳送他去开自己的车。

"他一直在这儿等着你，等了一晚上了。你见见吧。"原来这是他朋友的圈套。"不想见！"焦佳回答得很坚决。"不见遗憾不遗憾？""我……"

焦佳还没回答，就看见他直接开车过来，下车上了她的车，坐在副驾驶。

焦佳从车的后视镜里看了他一眼，感觉他瘦了好多，两个人相视一笑，像老朋友见面。

"Hello，我的女神。"
"你好。"焦佳从牙缝里挤出了一声尴尬的招呼。
"我下车给你们一点空间。"他的朋友说。
"不用。"焦佳说。
"那也好，我在这儿你们两个不尴尬。"
"我时间紧，马上要回家了，有话快点说，再不回我妈就要给我打电话了。"焦佳虽然嘴上这么说，心里却有一点开心。

"美美，其实我心里一直都有你，没有一刻不在想你。不管你咋想，我就是喜欢你，别人谁也不喜欢。你让我干啥都中，只要以后我们在一块，给你做牛做马我都愿意。"他说。
"洗衣、做饭、做家务，我全包了。除了不能生孩子。如果能生，我也生。"

十年了，这是他第一次跟焦佳表白。

"在哪呢？还不回家！"焦佳的妈妈打来了电话。
"那你先回家，有时间我们再约。"他说。
焦佳没有搭理他就开车走了。
回去的路上，焦佳听着音乐，感觉挺美的：原来他心里一直有我。

重拾的爱恋在一点点复燃，在未寻找到真爱的路上，他们都曾茫然。散乱的心一点点被无形地勒紧，原来他心里一直有我。记忆轻启后，才发现感情从未搁浅。

从那以后，他们就顺其自然地发展，暴风雨后的狼藉很快就被清理得干干净净，两个人的心态也平和了很多。2018年1月22日，他们终于领证结婚了。

"我们不说分手，好吗？"
"好的。永远。"
"你还记得我们是怎么认识的吗？"
"当然记得。你打电话找张昊，我说找我就行。"
"我还记得你给我写的信，字好丑！"
"我也记得你给我写的信，里面都是'嘿嘿、哈哈、省略号'！"
说完，两个人泪眼模糊地抱在了一起。

焦佳的要求很简单，有个贴心的人，对她知冷知热就好了。

十三年，他们分分合合，绕了一大圈，最后终于在一起了。也许，生活就是这样子的吧。总是要经历分分合合、兜兜转转，才能看清自己真正想要的是什么。还好，他们没有放弃。祝他们幸福！

有时候真爱，就是刚好遇见你

《完美生活》　许 巍

/ "有时候真爱来的时候，我们也不知道，而我恰恰遇到了。

/ 我遇到的时候不知道她是真爱，只是刚好把她抓住了。你把这句话记下来。"

/ 这是在采访中，他唯一要我记下来的话。

"康纳兄，你那边现在几点了？"这是我拨通电话后说的第一句话。

"现在是匈牙利时间下午两点二十九分，外面挺冷的，多云，只有七八度。你那里呢？"

"我这里是晚上的九点半。我们这次的跨洋对话，感觉很奇妙。""是啊！哈哈……"

窗外夜幕已经拉开，录完节目的我来到一间空荡的会议室。会议室的墙上贴着"慎言行、守纪律"的标语，我选了一个会议室正中间的位置坐下，开始了我们长达三个小时的通话。

在这次通话前，我见过他，那次对他的印象并不好。

那天他西装革履地进入我的视线，穿得像要去参加婚礼的伴郎，人很热情，笑起来也特别帅气、精神。只是握手寒暄间，我无意间瞥见他脖子上有一个吻痕，是那么大、那么明显。这个吻痕让我瞬间把他和"不正经"三个字联系起来，微笑都变得尴尬了，眼睛也是无处安放。

他叫康纳，原名丁东杰，1987年出生在河南，两岁的时候全家从河南搬到广东肇庆。他自称国内第一位复合大师，说得通俗直白一点，就是小三劝退师。2012年，他创办了一家公司，名字叫"破镜重圆"，主要是帮爱情即将迈入坟墓的那些人挽回爱情，挽救婚姻。

初中时，康纳因打架退学，就先在家里帮忙做运输生意。那时，小小个头的他正值青春叛逆期，朋友的煽动让他一心想到外面的世界闯一闯，可是家里人根本不理会这个毛头小子的慷慨陈词。于是，一天晚上，和家人大吵一架后，趁爸妈熟睡，16岁的他偷偷坐了三个小时的大巴跑到了广州。

临走前，康纳在床上留了一张用圆珠笔写的小纸条："爸妈，我非常想出去尝试一下，等我一切安顿好了给你们打电话，不用担心我。"

站在人群中毫不起眼的康纳，感觉自己身体里藏着巨大的能量，可身板瘦小加上没有身份证，最后他只能进了一个手表厂，每天装表带，折说明书。

"你的胆子真大，哪来的钱？"

"我身上有钱。我管理运输的生意，每个月会从中拿走我的工资。"他说得是那么的理直气壮。

过了一段时间，对外面世界的新鲜感渐渐消退，康纳看着手表上的时间、日期，意识到该给家里报个平安了。他在电话前踌躇了很久，终于摁下一串数字。电话接通后，他小声地喊了一声："爸爸……"

他爸爸在电话那头哭了。

他打工一个月，拿着赚的三百块钱就垂头丧气地回家了，带着自责。

"为什么回家？"

"因为我想，如果永远这样下去，我就完蛋了。我看到所有人没有梦想的样子好可怕，装表带、吃饭、睡觉……如一个机器在那儿不停地重复运转着。而且我不想让爸妈担心了。"这是一个16岁的孩子当时脑子里的想法。他好像知道梦想长什么样，他要做一个有梦想的人。

康纳回家后继续做运输生意，比以往多了一份成熟和稳重。

闲暇时间的朋友聚会上，他得知一个从小玩得特别好的朋友想开个美发店，他觉得那就是他梦想的样子。于是，咬咬牙，握握拳，他倾尽所有帮朋友在一个小商场的二楼最不起眼的角落开了一家美发店。慢慢地，一家美发店发展成两家美发店、一家服装店。生意越做越好，他也越来越有钱。

17岁的年纪，也就是在自己的理发店里，康纳遇见了他的初恋，一个比他小两岁的女生。

齐刘海、娃娃脸、公主裙，让康纳一见钟情。懵懂的他初次体会到心跳的感觉。

理发店的初次遇见，让康纳念念不忘，他尝试着约她出来，二十几次都以失败告终。

一年多以后，康纳酒后碍于面子，被怂恿着和另外一个女孩子在一起了。

将就的恋爱让康纳无法全身心地投入，那种介于朋友和恋人之间的关系，有时甚至让他很尴尬。

"你现在有拍拖吗？"那个康纳念念不忘的女孩突然在一个晚上发短信给他。他的第一反应是回"有！"。想了一会儿又删除了，而是给现任发消息说："我们算了吧，在一起的日子都不算男女朋友，我对你好像没什么感觉。"还没等现任回复，就给那个女孩回消息："没有。""那，我们试一试吧？"

就这样，他们突然而又神速地确定了恋爱关系。
康纳说，他的初恋，这才刚刚开始。

后来，他们谈了三年，康纳说如果没有意外，就奔着结婚去了。恋爱期间他满足她的所有需求，掏心掏肺地对她好……可谁知换来的却是无休止的争吵。

他说，要分手的前半年几乎天天吵架，他就纳闷像他这么好的男人，为什么要吵架？吃饭看电视要吵架，回来晚了要吵架，穿什么颜色的衣服要吵架，睡觉也要吵架……而且每晚吵到凌晨两三点，每个星期吵四五天，早上九点他还要接着去上班。

"你们到底在吵什么？"我问。

"不知道。她不断地挑战我的底线。我发现你越是无底线地对她好，她就越会践踏你的尊严。"

一天晚上，她在家看一部电视剧，非要康纳一起看。康纳不想看，他要谈生意，结果又是一顿吵。康纳说："我真的不想跟你吵了，我已经很累了。"说完就睡觉了。

第二天早上七点，她就把他的被子掀开，要他陪着看电视。久久积攒的情绪让康纳崩溃了，他声嘶力竭地乞求道："麻烦你给我一条生路好不好？我还要工作，你吵完架，就让我多睡一会儿，为什么搞这么累，有必要吗？你自己每天晚上那么晚睡觉，我搞不懂你为什么精力那么好，六七点起来看电视！你说你要什么，我没满足过你？你把我当什么啦？！"

"你是不是很不开心？是不是很不爽？那就分手好了，你想干吗就干吗！"

"这可是你说的，你既然那么想分手就分手！"

"好啊，分就分！你什么时候搬出去？"

"我今天下午就搬走！"

气得瑟瑟发抖的康纳摔门就走了，早饭也没吃就去上班。路上开车没注意到红绿灯，还差点发生车祸，幸亏刹车及时，否则一个背着书包的十岁小女孩从此就要和这个世界说再见了。他的车和小女孩就差几厘米的距离，吓得他握着方向盘的双手和双腿都在发抖。

路过的行人看到了，开始砸他的车窗，喊他下车。打开车门后，他被一个大个儿拽着衣领直接从车里拉出来，还没站稳就挨了一拳。那一拳重重地打在他鼻子上，瞬间出血。他的衣服也被扯破了，他没有还手，一直在低头道歉，等交警来。

那一刻，康纳感觉，一切都是罪有应得。

到了店里已经快中午12点了，康纳无心工作，早上的惊吓一直在脑海闪现。下午他就找了一个搬家公司把东西从她那里搬出来了。搬东西的时候她就躲在另外一个房间，一直没出来，康纳只听见她在屋里砸东西的声音。康纳知道她是想让他进去哄她，可他没有。

分手了，康纳心里特别难受，没有精力做生意，十几万的转让费都没要，就把两家美发店、一家服装店给关了。

"仅仅因为分手就这么难受？因为放不下她？"

"不是。其实是因为我早就发现她出轨了。"

"出轨？你怎么发现的？既然早就发现了，为什么那个时候不做个了断呢？"我惊讶地问道。

"分手之前，她好几次说回自己家，其实都没回，很多次口供对不上。而且，我看到了她在QQ上和一个男人暧昧的聊天记录，比如'有没有想我？'之类让人作呕的话。我当时没作声，是因为我觉得自己做得不够好，想让自己做得再好一点，让那件事情过了。"

三年的恋情以悲剧告终。分手之后，康纳感觉人生被掏空了，把烟也给戒了。

后来，康纳遇到一个学护理的女生，很温柔，身材超级棒。

他怕再次受到伤害，就想着有时间约一下就行，没必要玩真的，动真感情。

可后来，康纳没经得住女孩细心的照顾，动摇了，内心构筑的堡垒也坍塌了。他决定再次恋爱，要拼命地对她好。

态度的转变，让他重拾初恋时的激情。女孩每天早上六点多上课，他就起很早给她买早餐，开车送到学校给她。他还给她买许多东西，像对初恋一样，把所有感情都倾注进来。可谁知等待他的又是一个万劫不复的深渊。

有一天早上，康纳和往常一样去给这个女孩送早餐。女孩说想把手机里的照片导出来，保存到她的QQ空间里，他就主动拿出手机里的内存卡帮她弄。

在导出照片的过程中，康纳脑袋突然一片空白——他看到一张照片，照片中这个女孩坐在床边玩手机，床上躺着一个没穿衣服的小混混。

放学了，他提前到学校给那个女孩发短信，只有三个字："你出来。"等待的过程中，他去学校门口的便利店买了一包烟和一个打火机。将近一年没有抽烟的他，再次抽了起来。

女孩出来了，双手插兜，穿的衣服和那张照片里一模一样。看到康纳，她笑了笑，问："你不是不抽烟的吗？""有一段时间没抽了。""你怎么了？""你自己看看内存卡里的照片就知道了。""到底怎么了？你说嘛！""我有点事，先走了。"把内存卡递给她，康纳转身就走，眼泪在眼眶里打转。

当天晚上，这个女孩一张一张地翻看了内存卡里的照片。终于，她也在那张照片前停了下来。

她赶紧打电话给康纳辩解："我和那个男的什么也没发生，就是出去玩的时候拍了一张。"

"你说一个男的不穿衣服躺在床上，你坐在旁边，你们什么都没发生？你当我是三岁小孩？"女孩不说话了。

半年后，这个女孩终于承认和那个小混混所做的苟且之事。

可，一切都已经晚了。

因为这个女孩，康纳再次关掉了自己的两家美发店、一家化妆品店、一家投资公司。

康纳开始怀疑人生，害怕恋爱的他认为自己如果再这么下去，第三段恋爱肯定也会被劈腿。

"我再也不要重新再来，我不要因为感情关闭自己的公司。"说到这儿，他的情绪有一点激动，也让我对他后面要做的事情感到一丝丝恐惧。难道他要复仇？

分手之后，他在家里待了两个月，看了近40本书和近300篇资料，只出了五次门。可以说除了吃饭和上洗手间，其余时间他都在床上看书，在电脑前查资料，研究怎么去约女孩子。他要把他的问题解决，搞懂他要拥有的人生。

康纳按照那些情感书籍里教的方法去约女孩，结果发现书里教的并不实用。

然后，他自费到北京加入了一个据说很厉害的团队，学习如何约女孩。从一开始的各种被拒绝到后来成功率高达百分之百。

"你这样不会伤害女孩吗？给人感觉你这是在复仇，有点违背社会道德。"

"我也觉得自己有点浑蛋，但我不是复仇，其实我很感谢我的前两任女朋友。在和每个女人约会的过程中，我其实是一个疗伤者的角色。这是一种情感上的体验，明知道不能在一起，但都很享受在一起的感觉。"

为了增加自己约女孩的难度，他还刻意在自己的脖子上纹了一个吻痕，就是我第一次见他时看到的那个。他说只要女孩答应和他约会，他就一定能让对方喜欢上他。

我在电话这头听得下巴都收不回去了，他的语气中充满了成就感、自豪感。就这样，越来越多的女孩成为他的"猎物"，也有越来越多的人愿意花钱请他出谋划策，他也越来越迷失。

"这是你梦想的样子吗？"
"我当时就觉得是实现了自己的梦想，因为寻求到了情感自由。可是慢慢地，我开始质疑这个行业，质疑自己到底是在帮人还是在害人。不久，我就辞职了。"

辞职后，康纳去三亚玩了三个月。
在三亚游玩期间，也总有人给康纳打电话："我要给你报个喜，用你教的方法，我这个月成功将五个女孩追到手。"报喜的人越来越多，他终于意识到自己明明是在用伤害人的方式去"帮"人。

于是，康纳把教别人撩妹转化成帮别人挽回婚姻，去愈合那些已经分裂的感情，让那些反目的人重归于好，这也减轻了他对自己之前行为的罪恶感。

这几年下来，他觉得自己做对了！他曾经帮上海的一个大男子主义者挽回女朋友，帮缺乏自信的北京小伙成功追到暗恋了三年的女孩，帮新疆憨厚的小伙子完成结婚登记，还帮一个知错悔改的男人劝退小三，等等。

从被劈腿到劈腿别人，从疯狂地报复到帮别人挽回婚姻，他完成了一次次的转变。

说到帮别人挽回婚姻的故事，康纳是滔滔不绝，还给我举了一个他很自豪的例子。

一天，一个很有钱的男人突然哭着找到康纳，说想摆脱小三，回到当初和老婆在一起的日子。

康纳帮他想了一个法子，让他假装破产，被黑社会要挟。他和小三在一起的时候，康纳就打电话大声吼他。这个小三听到后问怎么了，他就说公司的生意不好，借了地下钱庄的钱，有上百万。这个小三听后就有点怕了。

这个男人就开始假装死缠烂打，每天打20个电话给这个小三，说一些很缠绵的话，假装很需要她。打了差不多两个星期，这个小三就崩溃了，拉黑了这个男人。
一段恶作剧结束以后，这个男人更加懂得珍惜他的老婆了。

康纳说，这个世界很美妙。他从最初想改变世界，到现在变成去愈合那些破碎的家庭，这是一件让他很开心的事情。他自己也没想到，在解决自己失败的过程中实现了梦想。

"你现在怎么理解梦想？"
"现在我觉得梦想就是做了会使你开心的事情，而且觉得那不是一份工作。"

2013年，见证了越来越多的美好之后，康纳遇到了现在的老婆。他们认识不久，康纳就全盘说出自己之前的所有事情，包括那些很浑蛋的行为。

一天，他老婆问他："我跟你在一起的时候，是第三者吗？"康纳回答："我那个时候没有恋爱，我只是个大众情人。"

"有时候真爱来的时候，我们也不知道，而我恰恰遇到了。我遇到的时候不知道她是真爱，只是刚好把她抓住了。你把这句话记下来。"这是在采访中，他唯一要我记下来的话。

"你老婆和你交往过的女孩有什么不同吗？"
"她给我看到的是一颗很清澈的心。和她在一起，我没有去约其他女孩的欲望了。她是重庆人，为了我来到没有任何朋友的广州。她喜欢吃辣，我不吃，她为了我改变自己的饮食习惯。而且我老婆一点也不物质。每天晚上不管多晚，即使凌晨两三点，她也要等我回家睡觉。"

"那你现在幸福吗？"
"我现在很幸福，拥有了想要的一切。我梦想的这个家，我的孩子，都有了。我的孩子现在已经三岁了，老婆又有了两个月的身孕。我也很努力地挑战从男朋友到老公再到好爸爸的角色。曾经不完美，现在很完美。"他毫不避讳地说。

桌角的荞麦茶已经凉了，这首《非常完美》也已经反复循环了不知多少遍。
合上电脑，我在笔记本上写下："浅喜似苍狗，深爱如长风！"
挥霍的青春，肆意的冲动。愿所有人都过上完美的生活！

只要有你一个，就不孤独

《哩程数未满》 李欣芸

/　和你在一起，很容易感觉到幸福。

/　我如果没有你，对未来就没有期待。

/　我就是迁就、宠爱你的那个人。

/　如果我们吵架了，你哄我十次就够了，剩下的九十次我来哄你。

这是这本书的最后一个故事，我没有刻意地去选择故事的讲述人，也没有因为他（她）是居住在哪个城市而选择他（她）。就这么随心地遇见着，选择着，讲述着。当我回过头来捋一捋的时候，才发现竟然有好几个故事都是发生在同一座城市——重庆。

我问了几个重庆的朋友，他们中有人觉得重庆是一座充满魔性的城市，有人觉得是一座充满浪漫、梦想与欲望的城市，也有人觉得是一座很压抑的城市。我可能前世和重庆有不可言喻的故事，要不然这本书也不会处处都有重庆的味道。

今天这个故事的主人公也生活在重庆。一个是重庆人，一个是贵阳人。

我和他们初次见面是在 CCTV-7《乡约·2017 最美爱情故事揭晓典礼》上。他们两个人站在那儿没有言语，轻轻地拉一下手，就能感受到他们甜甜的爱。

他们一个因为喜欢海贼王，绰号叫"船长"。一个绰号叫"山长"，取自对古代书院老师的尊称。

两个人的生日就隔了两天，都是重庆大学城市规划与设计专业的硕士研究生。

在写这个故事之前，我怀着一颗好奇心去微博搜索了"车韵"两个字，想知道有多少人在关注他们。有三个网友的话映入了我的眼帘。

网友"怀缅 remember"：理想中的爱情和婚姻：杨绛先生和钱钟书、柯玉芝和李光耀、成于思和车韵（小青年夫妇）。理想中的青春期爱情：余周周和林杨（剧版）。理想中的……未完待续。

网友"多吃甜食少吃盐"：这期《天天向上》的书店情侣，姑娘车韵的气质好棒。温柔伶俐大方又有趣的感觉，有点像柴静。推荐书的时候好好玩啊，都搜了一遍。

网友"我的昵称不是空的"：这期《天天向上》真的可以说是很虐单身狗了。最喜欢车韵那对书院情侣了，男生在念王小波情话时，女生就特别有爱地望着他。如果我也有一个这么有文化的男朋友，我大概也会特别崇拜他吧！更让我感动的是他们之间的相互扶持，女生对男生梦想的支持，男生体恤女生对他的付出，这样真的很好……

然后我进入车韵的微博，看了一篇文章——《山长君的小森林婚礼》，摘录了其中的几段文字。

2017年6月17日，山长君车韵在小森林举办了婚礼。那一天成了山长君记忆中永远闪闪发光的回忆。看着陆续放出的照片，想与相伴多日的你们分享我们的喜悦。

曾经参加过无数婚礼，有过感动、有过不解、有过无奈，看过被繁重流程压迫无法享受过程的新人，看过因父母之命排场宏大却不走心的仪式，看过匆匆而来匆匆而去的宾客……山长君内心的声音越来越清晰：不要舞台、不要浓妆、不要浮夸、不要煽情、不要drama、不要迎合别人、不要勉强自己——我只要属于我们俩的婚礼，在我们喜欢的地方。

每一场婚礼都有意外，山长君的也不例外。早在策划时就跟朋友吐槽，自己在婚礼当天一定会抓狂无数次、被气死等等，船长说了一段话对我影响至今，在这里也分享给你们："无论当天发生什么意外，无论出现什么问题，那也都是你婚礼的一部分，一辈子唯一的一天，所有的结果都开心地接受吧，你唯一要做的，就是沐浴在爱与祝福中。"

支撑起一个婚礼的并不是所有的习俗、流程、设定、装饰……而是两个相爱的人向所有人宣誓要携手一辈子的决心。当我们投入在过程中，当我们沉浸在幸福里，身边的所有人都为我们开心，所有人都感受到快乐，这就是我理想的婚礼。

看完文章之后的第二天上午，我在北京用手机订了一束向日葵送到了重庆南之山书店。卡片留言是：祝山长、船长的小日子过得越来越得心应手。

紧接着，我又看了两遍他们的结婚视频。

我不明白，我为什么要用笔把他们的结婚誓词一笔一划地写在本子上，为什么不直接用键盘打出来。好像用键盘打出来是在亵渎他们的感情，只有用笔写出来，才能感受到他们两个人当时的真心。

他们的婚礼风格是Rustic wedding（乡村婚礼）风格，很清新、唯美。

婚礼现场，成于思对车韵说："这是我们认识的第七年，也是我们相恋的第七年。六年前的那个九月，我第一次见到你，就一见钟情了。动心的是你的美丽大方，你的聪明才智，但是这六年来，我们的相爱，真正让我不可自拔，真正让我重新相信爱情。我愿意永远永远爱上你的，其实是你的任性和你的疯狂。因为美丽是会衰老的，才智是会失去的，能够拯救我偏执的，只有你的坚持；能够挽回我疯狂的，只有你的疯狂。我是永远离不开你的。所以，请你一直一直跟我走下去。我不敢保证说以后不会有痛苦，不会有悲伤。但是只要有你的陪伴，我一定可以劈开那些痛苦和悲伤，走到我们幸福的彼岸。"

车韵对成于思说："和你在一起，很容易感觉到幸福。我如果没有你，对未来就没有期待。我是迁就、宠爱你的那个人。如果我们吵架了，你哄我十次就够了，剩下的九十次我来哄你。"

看完视频，内心带着被他们传染的甜甜的温度，开始了我对他们的电话采访。

他们是 2011 年认识的，认识两个月左右确定恋爱关系。

2013 年年底，成于思在教堂边用一对刻有他们名字的戒指求婚成功。

2015 年 6 月 15 日，他们在辞职手续还没办完的情况下，在深圳福田区民政局领证了。

2017 年 6 月 17 日，他们在自己的"南之山"书店结婚，那一天正巧是成于思的生日。

"你们的爱情让很多人羡慕，这段感情到目前为止给你们两个最大的馈赠是什么？"

"互相改变。我们既是爱人，也是合作伙伴。以前遇见分歧是大吵一架，互相不理对方，各自回家，现在是找一个办法去解决。我们相信进化论，隔几天会在吃饭、晚上睡觉、看书的时候复盘。感情就是修行。我们都不信天生的、一蹴而就的。"

采访了这么多人，我第一次听到"恋爱复盘"，这也许就是他们打开爱情之门的正确方法。每隔几天，翻一翻旧账，不评论对与错，只找寻更合适的解决办法。

成于思评价自己是一个兼具理想主义和现实主义的人。他的偶像是毛泽东，小时候就听父母讲毛主席用兵如神。加上高中看了一本《红军长征》，讲毛泽东从第五次反围剿失败到成就一番事业，更加触动他，觉得毛主席真的很厉害。他也想变成一个不是太平凡的人。

谈到之前交往过的女朋友，成于思毫不避讳地说有许多，从可爱型的、漂亮型的、成熟独立型的到知识渊博型的，他都见识过了。

其中好几个分手都很不愉快，吵架吵得不能调和。大事吵，小事也吵，吵得面红耳赤，吵完冷静之后再复合，复合没几天再接着吵，反反复复，心很累……

这让他发现原来小时候憧憬的爱情不可能只有快乐，还有很多丑陋的东西。成于思心想，既然有丑陋的东西，还不如不要，要不要爱情无所谓了。直到碰到车韵，让他重拾青春的激情……

在成于思的概念当中，每个女生都是一所学校，在讲述他在车韵这所"学校"发生的故事之前，我们先看看他之前都"就读"了哪些"学校"。

他认为自己交的第一个女朋友是在读小学之前，那个小女孩跟他住在一个大院子里。他每天从幼儿园上完课回家都去找她，两个人一起荡秋千，抓蝴蝶。他会把自己的小车、小手枪、小风车主动拿给她玩。看见她和别人玩，他就会不开心，他只想那个小女孩和他一起玩。

他爸妈看到这一切，就在旁边取笑他："成于思，你是不是找女朋友了？"成于思不懂什么是女朋友，但感觉他爸妈说得是对的，感觉他们两个真的在谈恋爱。就这样，他们在一起玩了两年多。后来她搬家，成于思就再也没有她的消息了。

初中，成于思隔壁班的一个女生，很漂亮，身材高挑，很喜欢成于思，给他写了很多封情书，其中有一封写到喜欢的理由："我看到你手上抱着书，从我们教室门口路过，那一刻我感觉很美好，我就一直盯着你看，好像就此喜欢上了你。"

放学后，那个女生就堵在成于思班级门口。

"我喜欢你。我能做你女朋友吗？""我们不合适啊！"

"但我就是喜欢你。""我们当朋友挺好的。"

高中，也有类似的、跟他表白的女生，在食堂跟他搭讪。

大学，读本科的时候，有给他送画的，素描，七八张。

还有打电话问他能不能跟她聊一会儿天，给她唱一首歌的。一开始他还会在电话这头唱歌，女生在电话那头弹钢琴。后来女生说："我们能不能在一起？"成于思就再也不唱了。

在未见到车韵之前，有"两所学校"给他留下了深刻的印象。

一个是他的大学同班同学。大学军训完，班长把大家聚在一起展示才艺。她长得很漂亮，从小练钢琴，于是两个人搭档，一个弹钢琴，一个唱歌。也就从那个时候起，同学一直试图撮合他们在一起。

到大二，他们两个才走到一起，一直谈到大四的上学期。在一起久了，成于思发现他们很多东西聊不到一起。在他的意识里，谈恋爱需要交流些东西。比如说某个电影、电影导演的意图。她喜欢比较世俗的东西，更在意这个东西是不是好看。

两个人都是急性子，三天吵一次架。有的时候遇到她生理期，每天都要吵。为一个东西好不好吃也要吵，当面没吵完，回到宿舍接着吵，谁也不想妥协。当然，只是吵架，不动手，也不说分手。成于思概括说大学的精力全部花在熬夜画图和吵架上面。

"最后谁提出来的分手？""是我提出来的。虽然不舍，但这个决定很理智。分手就要分得体面一些。如果再分迟一点，可能连朋友都做不成。后来，这个女孩去了香港大学读书。车韵和她还成了好朋友。"

"分手哭了吗？哭得凶吗？""分手肯定会哭。每一次分手都会哭。

哭得最凶的就是和她分手，投入太多精力，确实没办法解决。吵得越凶，分手就越痛。虽然吵了两年，但那一段恋爱是人最轻松时候的恋爱。虽然丑陋，但回想起来还是很美好。"

"回想起什么？""我们有很多美好的画面。第一次登台表演，一个人弹琴，一个人唱歌《知足》，感觉很美好。一起去苏州博物馆玩。我们还组建了一个乐队，她是吉他手，我是主唱。乐队名字叫 Kid，那时大家才 19 岁，都很稚嫩，主打歌曲是《他来听我的演唱会》。"

"从第一次两人登台合作，周围朋友就开始撮合你们了吧？"

"嗯。本来没什么感觉，人家一说就往那个方向发展。其实，根本不合适。"

和她分手之后，成于思就比较不相信爱情了。

分手两年左右再见面，他们变成了很好的朋友。

成于思"大五"的时候结识了他的学姐，比他大三岁，读研三，外貌很普通，爸爸在北大任职。成于思和她在一起没有吵过一次架。她的室友会说她老牛吃嫩草，成于思的室友说他终于终结了每天吵架的日子。

当然，两个人在一起也会有不舒服的地方，就觉得不是在谈恋爱。少了很多基础的东西，太成熟，太平稳了。毕业后她去了上海工作。每个人都要面对不同的人生，他们的关系慢慢淡得只剩下晚上的那一句"早点休息"。成于思也不想让她等三年，于是在国庆节两人选择了分手。

所有的遇见都是为了下一个等待。遇到车韵，他从一个不相信爱情的人变成对爱情无比向往的人，从一个从不主动追求的人变成一个从早上六点发短信一直发到晚上十二点的人。车韵结束了他的感情课堂。

两个人第一次见面是在教师节，他觉得车韵很漂亮——扎着马尾，穿着蓝色短袖，看起来很利落；很聪明，很机灵；很有内涵，情商很高，很努力，和他很像。满分十分，他给九分。这一连串的词语让我想到了一个词———见钟情。

而车韵对成于思的第一印象一般，感觉他是个风流才子，穿得很风骚，V领，很潮的日式西装外套，头发弄得很高，对他有一种不太好的感觉。满分十分，她给七分。

后面成于思了解到车韵研究生是跨专业考到他所在的专业，很钦佩她。知道这件事之后，满分十分基本上就达到了9.8分，而且一直维持在这个分值。

而车韵眼中的"风流才子""花花公子"，却得到所有老师的认可，设计能力、表达能力、逻辑能力都很强。知识面也很广、很丰富，一起做项目，熬夜画图，让她对成于思有了几分改观。

"你觉得自己可以吗？"
"我觉得自己还可以。第一次见面我就很喜欢她。我真的很想和她在一起，呵护她。"

"然后你就主动追求她？"
"我就是约她。老约她，老发短信。早上六点起，晚上十二点睡，一直发短信，一直缠着她。"
"发短信说什么？她会回吗？回得敷衍吗？"
"当时聊一些新课程。她会回。我发一条她也发一条。她不会冷淡地处理，我不觉得她是在敷衍我。我就那么喜欢跟她在一起，不是荷尔蒙的冲动，不是草率的决定，就感觉和她很合。"

得知车韵很喜欢小动物的照片，成于思就去网上搜集一些图片，建一个文件夹，给她看。这个习惯坚持了半年左右，这件事让车韵觉得他做事很坚持。后来在同学生日时，他们确定了男女朋友关系。

教室、图书馆、工作室，是他们两个约会的地方。晚上下课，他们会一起回家做饭，炒个小菜，打个汤，一起看悬疑的电影。车韵特别喜欢吃螃蟹，两个人就一边看电影，一边吃螃蟹。有兴致的时候，两个人还会一起打游戏。

当然，交往中也会有很多的不愉快。对很多东西，双方都有自己的见解，就好像一辆车有两个司机，于是他们进行复盘，自我反思，找出最近生活、工作中的缺陷，提出更好的解决办法。

车韵回顾他们两个人的交往，对他的表现又是如何评价的呢？

车韵说："我一开始觉得他就是三分钟热度，他的所有表现都契合三分钟热度的表现。后来发现他坚持了很久，明明没什么事还要打个电话，比如下个班打电话；明明回来了还要打个电话，随时汇报行程，比如早上出门，一定跟我说，我现在要出门了呦，几年如一日。汇报过于频繁，没事就告诉我他在干吗。"

"他事事以我为中心。记得有一次我喝醉了，躺在沙发上睡着了，醒来的时候发现他跪坐在瓷砖地板上，趴在沙发上，一整夜。我当时真的特别特别感动，感觉现在的年轻人很难做到这些的，这种事可能只会发生在老一辈人身上吧……"

2013年上半年，研二，成于思想着既然是以结婚为目的的交往，两个人的人生就需要确定了。后面的人生路该怎么走？是一个人，还是并肩同行，需要有一个明确的答案。

于是，成于思觉得求婚的时候到了。

当然，这种事情也需要得到爸妈的支持。车韵和成于思开始交往的那一天，成于思就告诉了他爸妈。他爸妈都很支持，他爸一直说夫妻的关系，男生应该是和稀泥，不要争对错，必须要负责任。

那天，他们约好一起去博物馆看展。看展需要安检，安检时"嘀嘀"的声音，让成于思的神情特别紧张。原来他订做了一对戒指放在外套里，所以他的手一直在摸外套里的戒指，很担心会丢，也怕被车韵看到。估计那一刻，车韵已经猜到了。

看完展，成于思又带她去了一个很少人去，即使重庆本地人都不知道的地方。
那里有一座教堂，可以看长江。
一路上，成于思都在想："我要是向她求婚，她会不会答应？我应该怎么说？"
他在脑海中梳理、组织了洋洋洒洒的大段文字，落在唇齿间却只剩一两句不能再直白的告白。

在教堂和长江水的见证下，充满仪式感的求婚开始了。单膝下跪的成于思掏出戒指，深情地对眼前这个结束他大学生涯的女孩说："我们交往这么久了，我觉得我们两个挺合适的，也希望是以结婚为目的的交往。你愿意做我的老婆吗？"

"行！可以，我愿意。"成于思听完大脑有点充血，有点晕。开心的成于思赶紧把戒指给车韵戴上，就牵着她的手继续逛。

"有想过她万一不答应吗？"
"想过。她如果不答应，无非就是说多相处一下。如果那样，我就只能说那就再相处一下吧。"

说到求婚，其实成于思原本是计划去杭州玩，在杭州西湖边的餐厅求婚的。他觉得杭州西湖是中国很美好的爱情圣地，他们也算是从青城山飞到了西湖，在此求婚，寓意很美好。

那个求婚他计划了很久：提前预订了蛋糕和酒店，还邀请了一对特别要好的朋友特地从上海飞到杭州，来见证他的求婚，可谓万事俱备，只欠东风。可惜，订做的戒指没做好，所有的计划就都泡汤了。成于思让设计师在戒指上面刻了一串字符，那串字符中有成于思和车韵名字的首字母。

求完婚，成于思的爸妈专门请车韵吃饭，想见一面。
"车韵表现怎么样？"我问。
"表现比我好。我妈心态比较年轻，她一直想要一个女孩，特别喜欢她。我爸妈都惊讶我怎么能够找到这么好的女孩。"

刚求婚成功的那段时间，他们一直在思考未来。他们都觉得女生应该再往上读的，车韵也一直希望去欧洲读博士，但因为她爸爸生病了，不方便出国，所以，就决定申请香港大学。他们在深圳一边等通知一边工作。

在工作的过程当中，他们发现深圳并不适合他们。虽然两个人年薪加起来有六十多万，但他们觉得这座城市不像成都、武汉发展前景那么好。而且当时车韵一直在香港大学的等待名单里。于是，他们"疯狂地"果断决定辞职创业。

辞职那个月，他们到深圳福田区的民政局把结婚证给领了。
领完证，车韵说："我觉得很幸福，真的很幸福！"那时，他们辞职的手续还没有办完。

领完证之后，成于思还在寻思着：称呼是不是要变？是不是得叫老婆、老公？

　　答案是并没有。两个人还是互相叫"宝宝"。

　　"不会觉得肉麻吗？从什么时候开始这么称呼的？"

　　"很亲近的人会觉得我们很肉麻。从我们成为男女朋友那天起就这么称呼对方。"

　　"为什么不喊老婆、老公？"

　　"也许我们两个觉得那个称呼很老吧。我们两个还是很幼稚的。"

　　可两个小年轻怎么就想到开书店了呢？原来，他们两个一直对文化艺术很感兴趣，成于思艺术细胞很不错，车韵自己也喜欢画画。目前来说，书店在国内的发展形势不太好，所以他们希望找一个入口，开一家比较特色的书店。

　　另外，他们认为，书店这个行业，经营模式应该改变一下，应结合民俗、展览、文艺活动，所以选择开在了山上，在方向上寻找更健康的模式，并借鉴国外、珠三角的一些模式，以书店为入口，让人们不仅可以看书，还可以听音乐、吃法餐、喝酒、看话剧等。

　　有了想法，还需要资金。他们用自己的一点积蓄以及父母给他们买房子的钱、十来个朋友的投资，成立了公司，签了合同。第一家店投资接近两百万。

　　书店的名字叫"南之山"，因为山叫南山，在市区，自然条件得天独厚，环境很好，上面还有一个植物园，有丰厚的历史底蕴。南山是当时人们躲避战乱的一个地方，三毛就出生在那里。它在重庆有一阵子很辉煌，后来衰落了，成为打麻将之类的地方。但他们相信，南山的生活方式未来会很多样化，而且他们第一次正式约会就在南山。

　　书店选在山上还有一个原因是租金低，山上一年的租金相当于山下一个月的租金。第一家店的租金一年12万左右，第二家店15万左右。

　　创业的经历让车韵非常钦佩成于思，不管受到夸奖还是质疑，他都很坚定。车韵说她不想要一个老板，而是一个老公，成于思当时也不知道怎么来用她，所以两人的关系一度处于很僵硬的状态。

　　创业初期因为经费的原因，车韵打算住在书店的阁楼。但是成于思觉得太委屈，又没有厕所，所以另外租了房子。两人开始分居，车韵睡在书店，成于思睡在租的房子。

　　第一家书店在2016年5月20日开业。开业的前一天下午到了一万本书，他们要把这一万本书拆封、分类、贴防盗的标签、上架，一直熬到了20日凌晨。

那几天车韵正好有一个特别要好的朋友从加拿大飞过来看她。这朋友也一直在店里忙东忙西，中间还直播他们筹备的场景，让网友都来他们的书店买书，气氛并没有什么异常。

一直到20日清晨六七点，成于思和车韵送她的朋友下山，就在回来的途中，两个人大吵了一架。车韵甚至提出了分手。

"我们忙完，送她的朋友下山后，在上山途中大吵了一架。"

"她说什么？"

"她说我对她很不好，觉得我不喜欢她，没有好好照顾她。还说觉得我不让她去陪她朋友，我不好。她很生气，在那儿哭，哭了大半个钟头。我说没有，哪有。第二天就要开业，如果不去忙的话，怎么办呢？"

"她听完你的解释怎么说？"

"听不进去。就觉得你对她不好，不爱她，还没有她朋友爱她。她朋友觉得她很辛苦，说我看不到她的牺牲。说我从头到尾没有说过一句'你很辛苦'。她不怕辛苦，就是觉得很委屈，觉得我没有给她肯定、鼓励、安慰。"

"你从来没有说过'你很辛苦'这句话吗？"

"一次都没有说过。她真的很辛苦，真的很难得，可我没说过。所以她觉得付出没有得到肯定，觉得我认为她做的这一切是理所应当的。假设是同事关系，我也不会这么说，我会说'加油！'"

"那时，她在气头上，你根本解释不清楚吧？"

"吵了一个多小时，完全解释不清楚。站在家庭的角度我确实理亏。当时我真的找不到一个好办法去处理，真的没办法。我一开始也没有安慰她，确实是我做的不对。"

"你为什么不去劝慰她？"

"因为我一开始根本不能理解，会觉得她怎么这么不懂事，谁创业不辛苦，所以就没有去抱她、劝慰她。她后面一直说、一直说，我才意识到自己的问题。"

"她提出了分手？"
"嗯。她觉得创业和家庭不可调和，觉得这个问题不能解决，就提出了分手。"

"你好像并没有把她提分手这件事当真。"
"我觉得她是在提醒我，说的是气话，不是真的要分手。我们都已经结婚了，之前相处那么好，她是想用这句话来威胁我。我就说我也觉得你很辛苦，我会好好想办法去处理。"

"她有那么委屈吗，竟提出了分手？"
"我们之前想创业，说得很简单，实际上做起来蛮难的，且时间紧，从设计到开业只花了五个多月的时间。她刚刚例假结束，情绪波动很大。她觉得虽然创业本来就这样，很艰辛，但每个人承受的苦痛是真实的，是需要一些心理的安慰的。"

"这次吵架应该暴露了你们两个人相处中最大的问题吧？"
"是的。建议尽量不要夫妻一起创业。万一创业失败，感情就失败了。如果感情战胜了团队，那团队里有特殊的人，团队就会不团结。千万不要夫妻创业。"

回顾那段揪心的创业过程，车韵也是记忆犹新。

"很久未见的朋友，从加拿大飞过来，陪我们熬到凌晨三点，我也没办法陪她去逛重庆。所以那一次我和成于思吵得特别厉害。可能一方面他也希望我能陪我朋友，另一方面又希望我能留下来陪他一起做事情。我们当时要把书店的书全部拆封、放到书架上，但是我们就只有四个人，将近一万本书。第二天就要开业。

"我心里很愧疚，他心里也很愧疚，我心里面有责任感，他也有责任感，所以搅在一起，不能怪任何东西，只能怪对方了。加上我生理期又熬通宵，我就特别……那天就对'不能夫妻一起创业'感受很深。

"我觉得他是我的同事、领导而不是丈夫，这样的状态大概经历了四五个月。那段时间，我就把他当作我的创业伙伴，已经没有任何爱可言了，他像一个老板一样对我有很多的要求，我们的感情走到了破碎的边缘。

"我每次跟他吵架，周围朋友都劝不住，心里面就告诉自己：好，我们以后就是上司和下属的关系了，没有其他的关系了。每次吵架就催眠自己。每一次我都会这么想，每一次每一次……但后来就没什么感觉了。

"他从来没说过分手，我可能比较情绪化，提出过分手。他告诉我出现问题要调整，问题不在于分不分手，给我讲道理，后来我也觉得提分手没有什么意义。"

2016年5月20日上午十点，书店开业。

开业不久，核心团队走了两个人。那时，每个人一个月工资才两千块，有些员工也受不了这个条件，相继离开。

十点开业，没做宣传。第一天来了几波人，都是些上了年纪的老头、老太太。一天的营业额才九百多块钱，连房租都不能负担。

开业之后的三四天，车韵发了一篇营销文章，书店突然就爆满了，人特别多，一个多小时一百多平方米的地方来了四百多人。吵到不可能读书，周末就停业一天，商量怎么去营业。最后采取了预约的办法，人数控制在 80 个人左右。后来，开了第二家店之后预约才取消。

2017 年 6 月 17 日，两人在书店举行了婚礼。

西方的乡村婚礼风格，来的全是亲朋好友，有很好看的树、草坪、优美的环境，很有格调。伴郎是成于思最好的朋友。司仪是他的合作人，也是他认识十年的好朋友。成于思和车韵还在婚礼上跳舞。

这个时候，再看看车韵是怎么评价成于思的吧。

"他最吸引我的一个点，是他很疯狂，很傲气，很张扬，没有他做不成的事情，我属于全心全意相信他的那种，对他而言世界上没有什么不可能的事情，只要说出来一定会想办法实现。遇到问题，他的第一反应不会是难，会先判断方向是否是对的，如果是对的，就努力想办法去实现。

"他是个充满正能量的人。他一直说南之山书店不仅是重庆最好的文化品牌，也会是世界上最好的文化品牌。可能你们会笑吧，但是我相信他做得到。

"我们公司有一个很好的共识，不管 leader（领导者）做什么决定，一切相信他，有问题再集体调整，从来不会叫苦，从不放弃，不觉得世界上有困难的事情。困难是正常的，要实现目标一定要付出。当然，如果谁工作做得不好的话，他也会发火。

"结婚前都是他来找我。他本来很尖锐，锋芒毕露，但是对我特别温顺，很有耐心。不过结婚后我开始让着他，因为在婚礼上我承诺要哄他。

"现在一切很顺利地按计划发展，他想成为了不起的人，我很相信他，想好好支持他，不让他在我身上花费过多时间。"

在后来相处和交流的过程中，车韵发现，爱情或婚姻重要的不是遇到时的新鲜感和激情，而是一起经历的回忆，即使回到从前，让她再选择一次，她还是会选择他。对她来说，最珍贵的是他俩的经历，每走过一年，她都会更珍惜，每一年她都觉得不会再有人超越他。

成于思想在四十岁的时候去欧洲生活一段时间，去获取更多的灵感。进化和迭代，是他们两个人给我最大的感触。俩人一起成长。车韵认为他们的相处不会走下坡路，只会一直进步，不断迭代、更新自己，不会出现恶性循环，只会有良性循环，只会越来越恩爱。

"车韵，我发现你们两个有一个共同的特点，就是很疯狂，怎么理解？"

"疯狂是一种做事的状态，不会害怕，做事比较一往无前，并不是失去理智的疯狂。做一件事情的时候，我们不会去想其他的事情，就是24小时都会去思考这件事情。疯狂是我们的一种人生理念，就是不怎么瞻前顾后，我们就是一拍即合。这里的疯狂不是真的要去裸奔，做一些很奇怪的事情。我们把人生定义为：反正一辈子就一次，希望能够更夸张、更强烈地度过。我们愿意去尝试。成于思如果跟我说辞职，我们现在就立刻辞职；他如果跟我说我们去做一些别的东西，把'南之山'卖掉，我也会说行，那走。我们的疯狂是相信自己的目标，有些理想化，不是很顾及现实，比如'如果失败了怎么办？家人不同意怎么办？周边朋友怎么办啊？'"

"你觉得你们成功了吗？"
"这个城市因为我们在改变，已经有人在跟我们做一样的事情了。我们做出示范之后，有人在模仿我们，重庆已经跟以前不一样了。应该说我们成功了，但是就创业而言，我们只是初期而已。以前的重庆这种有格调的地方比较少，就是平时打个麻将、看个电影、吃个火锅、逛个街什么的，不像北京一样文化生活那么丰富，只要有空了出去就能找到展看。现在以我们为代表的书店已经有五六十家了。"

"如果用一本书里的一段文字形容你们如今的小日子，你们会选择哪一段文字？"

"王小波的《爱你就像爱生命》：我的勇气和你的勇气加起来，对付这个世界总够了吧？要无忧无虑地去抒情，去歌舞狂欢，去向世界发出我们的声音，我一个人是不敢的，我怕人家说我疯。有了你我就敢。只要有你一个，就不孤独。"

2018年马上就要到了，我发现车韵在自己的微博里写道："明天就是2018啦，对于日夜更替不再有感叹的欲望，只希望继续这样平稳缓慢地成长，好好感知每一天的日出到日落。"